Sind denn alle Männer Feiglinge?

„Be careful what you pray for,
someday you may get it"

Ich widme dieses Buch meinem Sohn, meiner Familie, in die ich hineingeboren wurde, sowie allen meinen Freundinnen und Freunden, die mir in den letzten Monaten beigestanden haben.

Lieben Dank
Eure Soulsista

Soulsista

Sind denn alle Männer Feiglinge?

Meine Erlebnisse auf einem Dating Portal

Bibliografische Information der Deutschen Nationalbibliothek:
Die Deutsche Nationalbibliothek verzeichnet diese
Publikation in der Deutschen Nationalbibliografie; de-
taillierte bibliografische Daten sind im Internet über
http://dnb.dnb.de abrufbar.

TWENTYSIX – Der Self-Publishing-Verlag
Eine Kooperation zwischen der Verlagsgruppe Rand-
om House und BoD – Books on Demand

Herstellung und Verlag:
BoD – Books on Demand, Norderstedt

ISBN: 978-3-740-74506-6

Inhaltsverzeichnis

Vorwort

Nach über dreißig nicht immer ganz leichten Jahren mit meinem Ehemann Johann, verbrachte er eines Tages eine längere Zeit bei seiner neuen Bettgefährtin, die er neun Monate zuvor näher kennengelernt hatte. Sie war eine fürsorgliche Kollegin, die halbtags in seiner Firma arbeitete und nichts unversucht ließ, unsere derzeitige Eiszeit für sich auszunutzen. Nun, wer nette Kolleginnen hat, dem fehlt es an nichts. Sie suchte einen Mann mit Geld und er tappte in ihre Falle. Endlich durfte er auch wieder die Hosen herunterlassen. Mittlerweile hatte sie zwar die Abteilung gewechselt, sich aber umso mehr an meinem Ehemann festgebissen. Ja, sie war wie ein kleiner, dicker Pitbull Terrier. Wie sich im Nachhinein noch herausstellte, arbeitet sie auch auf Sex Portalen, um nebenbei noch Geld zu verdienen. Johann ahnte diesen Aspekt seinerzeit noch nicht.

Mein Kampf um unsere Ehe dauerte ebenso neun Monate lang, und als er sich immer noch nicht komplett für mich oder sie entscheiden konnte, zog ich aus der gemeinsamen Wohnung aus. Ich war tief verletzt. Mein Leiden war mittlerweile so groß geworden, dass ich alles Mögliche unternahm, um nicht völlig durchzudrehen. Aus Kummer nahm ich ganze siebzehn Kilo ab und fühlte mich elend. Da beschloss ich, nach einem neuen Menschen an meiner Seite zu suchen, dem ich wieder vertrauen konnte und mit dem ich wieder lachen konnte. Die Zeit der Tränen musste ein Ende nehmen.

Mit Anfang fünfzig empfand ich es nicht mehr ganz so einfach neue Männer kennen zu lernen und begab mich im Netz auf ein gut besuchtes Dating Portal. Davon gab es eine große Auswahl und ich entschied mich für eine sehr bekannte Plattform, die ich aus der Werbung kannte. Ich buchte erst einmal nur das Probeabonnement für drei Monate, denn die Mitgliedschaft kostete mehr als der Monatsbeitrag im Fitnessstudio. Das Geschäft mit der Liebe blühte auch hier. Unzählige Agenturen versprechen die große Liebe zu finden. Im Minutentakt sozusagen.

Die Anmeldung war einfach.
Mit einer E-Mailadresse und einem Namen, den ich mir selber geben konnte, war man bereits Mitglied der großen Familie der Suchenden. Unter den vielen Zigtausenden Mitgliedern würde schon ein Mann für mich dabei sein, so hoffte ich. Nach ein paar Fragen und einer einigermaßen detaillierten Beschreibung meiner Person konnte es dann auch schnell mit der Partnersuche losgehen. Ich nannte mein Alter, meine Größe, Gewicht, Augen-und Haarfarbe, Beruf, Hobby und sonstige Interessen. Ich stellte noch drei aussagekräftige Fotos von mir mit ein, um den Kandidaten einen ersten Eindruck zu vermitteln. Meinen zukünftigen Wunschpartner beschrieb ich so genau wie nur möglich, in der Hoffnung die richtigen Männer damit anzusprechen.

Jeden Tag wurden mir einhundert neue Partnersuchende vorgeschlagen, wobei ich zu meinem Bedauern täglich neunundneunzig wegklicken musste. War ich zu anspruchsvoll? Aber entscheidet nicht auch der erste Eindruck? Ungepflegte Haare, schiefe Zähne und dicke Bäuche waren einfach nicht mein Ding. Doch was suchten eigentlich die Männer auf so einem Portal? Diese Frage werde ich im Laufe meiner

Erzählungen sicher beantworten können. Und was suchten wir Frauen? Schauen wir mal.

Ich bekam hunderte von E-Mails, Smileys und Favoritenklicks in den ersten Tagen. Das empfand ich nicht als normal und dachte, es läge wohl an meiner Suche. Hatte ich mich nicht klar und deutlich ausgedrückt, warum ich auf dem Portal war? Die Anzahl der Zuschriften erschreckte mich und so langsam dämmerte es mir. Es handelte sich hauptsächlich um Anfragen für ein Abenteuer, Sex Dates also.

Bestimmt zeigte sich hier auch der eine oder andere Herr, der es womöglich ernst mit einem meinte, aber leider keinerlei Ahnung hatte wie man eine Frau ansprechen sollte. Zumindest stellten sich viele sehr ungeschickt mit ihren Nachrichten an. Deswegen waren sie vermutlich auch noch allein bzw. noch ledig mit Mitte fünfzig. Was im richtigen Leben nicht funktioniert, klappt auch nicht auf einem Dating Portal. Ich änderte meinen Begrüßungstext ab um mehr Klarheit in meine Suche zu bringen und ergänzte einen Hinweis, dass ich keinesfalls reine Sex Dates oder gar einen One-Night-Stand, sondern eine neue, feste Partnerschaft suche. Wie erwartet, war sogleich viel weniger Post in meinem Posteingang und auch die Anzahl der Smileys und Favoritenklicks hielten sich in Grenzen. Aha, jetzt haben die Jungs wohl genauer hingeschaut. Ja, wer lesen kann ist klar im Vorteil. Allerdings fühlten sich nun die älteren Herren aufgefordert mir zu schreiben.
Väterliche Freunde und Opa-Typen mit grauen Bärten. Vorher hatte ich Verehrer die gerade mal zwanzig Jahre alt waren. Sie suchten einen Cougar. Dazu komme ich später noch. Ich musste auch erst einmal

lernen was das ist. Irgendwie schien meine Zielgruppe hier zu fehlen. Ich beschloss trotzdem ein paar der Männer kennen zu lernen und machte mir die Mühe hinter das Foto zu schauen. Der erste Blick war nun nicht mehr das Ausschlaggebende für mich. Ich selber nahm probeweise für ein paar Tage meine Bilder aus dem Portal um zu sehen, wie das ganze Spiel dann funktionierte. Doch ohne Bild bekommt man am Tag höchstens ein oder zwei Anfragen, und die sind nur mit sexuellem Hintergrund, weil bei diesem Thema das Aussehen und der Status keine so große Rolle spielen. Hauptsache Frau. Ob sie nun verheiratet, verwitwet oder geschieden waren, interessierte die Herren der Schöpfung nicht. Diese Tatsache über-raschte mich aber auch nicht. Puh, wo war ich hier hineingeraten. Nützt nichts, drei Monate sind bezahlt und jetzt wird gechattet und geflirtet, ermunterte ich mich selber. Die Bilder mussten wieder rein.

Doch eigentlich war ich gar nicht wirklich in der Stim-mung dazu. Zu sehr schmerzte mich das Verhalten meines Ehemannes. Mein Selbstwertgefühl war auf dem Nullpunkt. Mit dem Portal versuchte ich mich dennoch etwas abzulenken und schaute mir nun mei-ne Zuschriften nochmals an.
Ich möchte mich später ein paar der bemerkenswer-testen Herren etwas genauer widmen. Sie stehen aber auch für viele Gleichgesinnte ihrer Art. Nicht je-der bekommt hier sein eigenes Kapitel, denn in exakt fünf Monaten hatte ich mehr als dreitausend Besucher auf meiner Seite. Eine große Bandbreite an Männer-namen bekam ich zu lesen aber auch jede Menge Fantasienamen waren darunter. Viele dieser Mitglie-der geben hier nicht den richtigen Namen preis, denn man(n) möchte alles wissen und sehen, aber trotzdem

sich nicht ganz zu erkennen geben. Ergänzend zum Namen eigneten sich vorzüglich coole Bilder mit Sonnenbrille oder Ski Helm, mit Hund oder Katze vor dem Gesicht, mit Motorrad oder Auto im Vordergrund und so weiter. Tarnung ist alles, nur die Frau soll so viel wie möglich von sich zeigen. Und immerhin tummelten sich ebenso viele verheiratete Männer auf dem Portal, und diese wollten so gut es eben ging, unerkannt bleiben. Auch ich hatte das Vergnügen, solchen Typen immer wieder zu begegnen. Mit dem Namen, den man sich selber gab, kam schon eine gewisse beabsichtigte Aussage zustande. Zum Beispiel bekannten Männer sich gerne als Fan einer bestimmten Fußballmannschaft, dann hieß er SFC und BVB. Einige Männer wollen bestimmte Vorlieben andeuten, die bei einem erhofften Treffen zum Zuge kommen könnten.

Verwundert und amüsiert las ich zuerst einmal nur die Namen der Herren und machte mir so meine eigenen Gedanken dazu. Einige waren nett, andere weniger. Hier nenne ich nun ein paar Beispiele:

Was will mir einer sagen, der sich ThomasGPunkt nennt? Ist GPunkt einfach nur der Anfangsbuchstabe seines Nachnamens?

Aber auch Namen wie

Ladenhüter (ja wie, und ich soll den aufräumen?),

Rumtreiber (na da der ist dann wohl nie zu Hause),

Liebhaber007(Wow, mit James Bond wollte ich mich schon immer mal treffen),

Ich-will-dich(klare Aussage. Will aber dann wohl jede, die das liest),

hhn-lover, (das muss ich erst noch nachlesen, diese Variante kenne ich nicht),

Hunter (ich die Beute?),

Weichei (hatte ich schon in langjähriger Ehe, brauche ich nicht nochmal),
Hungerleider (oje, so ganz ohne Geld– geht gar nicht)
Forellenmaul (mmh, wie der wohl küsst? Lecker),
Flegel (na da weiß Frau doch gleich wo sie dran ist),
Filou (das versteh ich auch auf Französisch, und dir soll ich trauen?),
Affäre-BW (ohne Worte),
Straßenköter (ok, er ist ein Hund) oder
Glöckner (hoffentlich nicht der von Notre Dame)
Pofan (Italienfan oder macht der gerne Flusskreuzfahrten?)
Berührungslust (ist schon klar, deswegen sind wir ja hier)
Heutenacht (alles klar, warum auch nicht)
Sonnenuntergangskuss (aha, also gleich heute Abend)
Meisterlein (in welcher Kategorie ist der nur ein „lein" und kein Meister?)
Rübenase (oh, ein Schneemann sucht auch eine Frau)
Drsommer (na Bravo, jetzt werde ich erst einmal aufgeklärt)
Ein69samer (aha, auch das noch)
Fitzelchen (…also so klein muss es jetzt ja auch nicht sein) oder
Böserbube (hmm, sucht böses Mädchen?!)
Lover (auf jeden Fall, was sonst)
Lovedreamer (ach, der träumt nur, na dann)
Darkroom (Stromsparer oder was?)
Excuse-me (oh, er entschuldigt sich schon vorher)
Mann_für_alle_Fälle (ich bin aber nur ein Fall) und
Darmspiegelung (das war bestimmt kein Urologe)
fordern eine Frau nicht unbedingt auf, diese Männer kennenlernen zu wollen. Und verlieben sollte man

sich in diese Jungs mit eindeutiger Botschaft wohl besser auch nicht.

Grinsend las ich weiter und dachte so bei mir: „Da stehen wir Frauen doch eher auf echte Kerle, die sich da Commander, Fighter, Checker oder Joker nennen. Da kann doch gar nichts mehr schiefgehen. Die geben dir den Ton an und du weißt was zu tun ist. Machos eben. Und wenn ich dann auch noch den Joker gezogen habe, bin ich am Ziel. Ja, ihn will Frau ganz sicher für die Zukunft an ihrer Seite haben.

Ich musste laut lachen. Wo bin ich hier nur gelandet. Eines wurde mir ganz schnell klar: Dass ich einen zuverlässigen Partner für mein zukünftiges Leben finden werde ist unsicher und tendenziell unwahrscheinlich, aber Unterhaltung würde es hier auf diesem Portal sicherlich genügend geben. Für Ablenkung war gesorgt. Ich gab dennoch die Hoffnung nicht auf und las täglich meine neu dazugekommenen Zuschriften. Ich bemühte mich auch, alle zeitnah zu beantworten. Zum Teil aber kamen bei der ersten Kontaktaufnahme ohne großartige Begrüßung, auch schon eindeutige Fragen oder unpassende Aussagen. Man(n) musste sich ja ein Bild machen können.

Nachfolgend ein paar Auszüge aus den Zuschriften der Herren der Schöpfung, die mich nicht gerade motiviert hatten, den Kontakt weiterhin zu vertiefen. Diese Nachrichten begannen mit Worten wie folgt:
„Trägst du gerne Nylons?
Bevorzugst du Kostüme?
Welche Konfektionsgröße hast du?
Magst du generell keinen Sex?

Bevor wir uns treffen muss ich ein paar Dinge klären, ich bin halt viel Mann.
Warum suchst du immer noch, nimm doch endlich mich!
Wollen wir heute Abend essen gehen, damit wir uns live kennen lernen?
Wenn ich dich anschaue werde ich verrückt, bist 'ne geile Frau.
Hallo Liebes!
Sehe ich das richtig, dass du breite Hüften hast und oben herum schmaler bist?
Ich bin devot, magst Du das?
Ich bin dominant, ich habe Dich ausgesucht!
Wie viel wiegst Du?"
und so weiter und so weiter.

Fragen und Aussagen dieser Art konnte ich nur abweisend beantworten, weil ich sie in den ersten fünf Minuten der Kontaktaufnahme sehr unpassend fand und mir deutlich zeigten: Wieder ein Kandidat, der höchstwahrscheinlich nur seine sexuelle Befriedigung sucht. Von zukünftiger und seriöser Partnerschaft keine Spur. Ja bin ich hier auf einem Sex Portal gelandet? Oder war ich die dreißig Jahre meiner Ehe im Dornröschenschlaf und das ist heutzutage die Art seinen Partner zu finden?

Es gab aber auch ein paar wenige Männer, die ich selber zuerst angeschrieben hatte, die wirklich sehr gutaussehend waren und mir gut gefallen hätten, doch sie hatten wiederum nicht den geringsten Anstand, wenigstens eine kurze Antwort zu verfassen, wenn sie kein Interesse hatten. Leider kann man hier nicht auf Anstand und gute Umgangsformen hoffen. Ausnahmen gab es wenige. Ich meinerseits war immer bemüht, eine Antwort auf die Anfragen zu schreiben. Wenngleich auch nur sehr kurz. Das gehört sich einfach im Umgang mit Menschen.

Ein weiteres Thema war die Art der Mitgliedschaft. Es gab mehrere Möglichkeiten, preislich gestaffelt. Eine große Anzahl der Männer waren sogenannte Premiummitglieder. Das hatte folgenden Hintergrund: Sie bezahlten mehr und konnten dadurch alle Frauen anschreiben und diese Frauen konnten ihnen auch antworten, obwohl sie selber keinen Mitgliedsbeitrag bezahlten. Mir war, wie vielen anderen Frauen auch, eine dauerhafte Mitgliedschaft offen gestanden zu teuer. Aber, wer nicht zahlt konnte eben nicht allen schreiben, nur denen, die diese Premiummitgliedschaft hatten. Daher freute ich mich auch auf diese Zuschriften, da ich mit ihnen schreiben konnte.

Doch sehr bald merkte ich, wie der Hase bei diesen Männern läuft. Diese Premiums nutzten den Vorteil aus, dass Ihnen alle Frauen antworten konnten und dies diente nur einem Zweck: Sexkontakte knüpfen! Diese Männer suchten ständig Nachschub an Frauen, was nicht unbedingt für eine dauerhafte Beziehung sprach. Eines dieser Prachtexemplare Mann hat mir etwas detaillierter davon erzählt, wir lernen ihn auf den nachfolgenden Seiten noch besser kennen. Sie wollten unbegrenzten Kontakt in alle Richtungen. Immer Frischfleisch sozusagen. Ja, man(n) sollte die Auswahl und die Abwechslung haben. Ein Riesenangebot an kontaktfreudigen Frauen, zu denen ich nun auch gehörte. Keine Chance sollte ungenutzt bleiben.

Bei den Frauen sieht es etwas anders aus. Auch hier gibt es Premiums, aber aus einem anderen

Grund. Hierzu später mehr.

So, genug der Vorrede. Jetzt werde ich bei einigen Männern ins Detail gehen und meine teils haarsträubenden Geschichten erzählen. Ich habe viele Aussagen der Männer genauso übernommen, wie sie in den Nachrichten an mich standen, daher bitte ich um Nachsicht in Bezug auf die Wortwahl. Dies ist nicht meine Ausdrucksform. Eine Erfahrung war es allemal wert, auf dem Portal mit dabei zu sein, wenngleich der Erfolg fragwürdig erschien.

Alex

Er war der zweite Kandidat, der mich angeschrieben hatte und wild darauf aus, mich zu treffen. Er erklärte mir, dass er sich in meine Bilder verliebt hatte und meinte wir beide würden nichts Besseres auf diesem Portal hier mehr finden. Er war keiner dieser Premiums und machte auf den ersten Blick keinen schlechten Eindruck. Sein Bild gefiel mir schon ein wenig, aber er hatte so einen Ausdruck in seinen Augen, dem ich nicht traute. Im Großen und Ganzen war er dann nach genauerem Hinsehen nicht unbedingt der Mann, nach dem ich suchte, doch irgendetwas zog mich an. Ich probierte zurückweisend und skeptisch zu sein, aber Alex blieb hartnäckig.

Es war Montagnachmittag um fünfzehn Uhr fünfzehn als er mich mit folgenden Worten kontaktierte:
„Hallo und guten Tag. Können wir uns kennenlernen? Gruß Alex aus Baden- Baden."
Ich antwortete mit einem knappen *„Hallo"* und sogleich wollte er auf WhatsApp umsteigen. Der Typ war flott unterwegs und kam ohne Umschweife zur Sache. Anfangs weigerte ich mich meine Telefonnummer zu nennen, doch mit Sätzen wie: *„Du hast mich berührt",* oder *„ich habe ernsthaftes Interesse dich kennenzulernen",* und *„ich suche was Beständiges"* und *„können wir uns bitte vertrauen, ich bin begeistert von dir"* habe ich seinem Drängen nachgegeben und ihn per WhatsApp kontaktiert. Der Chat wurde dadurch auch einfacher, denn ich musste mich nicht immer ins Portal einloggen. Er steigerte sich mit Aussagen wie *„du bist edel", ich bin zu vielem bereit, weil du mir wichtig bist",* haben mich dann vollends überzeugt, mit ihm die Konversation fortzusetzen.

In den darauffolgenden Tagen kamen die allerersten Nachrichten bereits morgens um fünf Uhr und die letzte Nachricht schrieb er nachts um halb zwölf. Dazwischen hörte ich etwa in halbstündigen Abständen von ihm.

Mein Gott, dachte ich, Dating Portale können ganz schön anstrengend sein.

Alex schaffte es aber irgendwie meine Neugier derart zu wecken, sodass ich mich auf ein baldiges Treffen überreden ließ. Ich wollte nun auch sehen, wer er ist, und ob er überhaupt der Mann von den Bildern ist. Könnte ja auch ein ganz anderer sein.

Sechs Tage nach unserem ersten Kennenlernen im Netz sollte es soweit sein. Er schlug vor, zweidrittel der Strecke zu fahren, die uns voneinander trennte. Er suchte ein Café aus, welches schon am Vormittag geöffnet hatte und ich willigte ein zu kommen. Schließlich konnte ja in der Öffentlichkeit nicht viel passieren. Nach über dreißig Jahren hatte ich wieder eine Verabredung mit einem anderen Mann. Ein Date, wie man das heutzutage nannte.

Tausend Fragen beschäftigten mich jetzt:
Was ziehe ich an? Welcher Lippenstift, welcher Nagellack, hohe oder flache Schuhe, usw. Meine Eltern warnten mich, vorsichtig zu sein und meine Freundin stand in ständigem Kontakt mit mir via Mobiltelefon. Alles war doch ziemlich spannend, denn seit einer halben Ewigkeit hatte ich keine Verabredung mehr. Es war ein kalter und sonniger Wintertag im Dezember. Ich stieg in mein Auto und programmierte unser Navigationsgerät, um zu der von Alex angegebenen Adresse zu gelangen. Es herrschte kaum Verkehr an

diesem Tag und ich kam schneller vorwärts als erwartet. Kurz vor dem vereinbarten Ziel, zu welchem ich ja nun pünktlich erschien, erreichte mich Alex' Nachricht, dass er sich um etwa eine halbe Stunde verspätete. Nun ja, das konnte ich als ungeduldiges Sternzeichen gerade noch so verkraften. Ich wartete im Auto der Kälte wegen, bis er schließlich anrief und fragte wo ich sei. Nach kurzer Absprache stieg ich aus, marschierte los und so liefen wir uns dann tatsächlich vor dem Café in die Arme. Alex begrüßte mich mit einem zuckersüßen Lächeln, welches seine Grübchen zum Vorschein brachte. Ich war erleichtert, denn er machte keinen gefährlichen oder kriminellen Eindruck. Die Körperhaltung ließ allerdings auf die Jahre schließen, die er im wahrsten Sinne des Wortes auf dem Buckel hatte und sein Gesicht war vom Leben gezeichnet. Was dieser Mann wohl schon so alles durchgemacht hatte, fragte ich mich. Seine Augen leuchteten dennoch und ich war entsprechend beeindruckt von ihm. Nun, wir sind ja alle nicht mehr die Jüngsten. Mit fünfzig haben die Menschen schon viel erlebt und gesehen. Das prägt.

Nach kurzer Umarmung betraten wir das Café, welches erst einen Gast hatte. Alex überließ mir die Tischwahl und fragte, ob er sich auf der Bank neben mich setzen durfte, als ich einen Tisch für uns ausgesucht hatte. Ich willigte ein. Er legte sogleich seinen Arm um meine Taille und wir wirkten schon sehr vertraut miteinander. Trotz seines forschen Vorgehens genoss ich die Atmosphäre sehr. Liebe und Geborgenheit fehlten mir seit Langem, doch nun schien sich endlich wieder ein Mann meine Nähe zu wünschen. Ich legte meine Hand zwischen uns auf die Bank, er nahm sie und küsste sie. Dann übersäte er mich mit vielen kleinen Küssen auf die Wange. Wir saßen da wie Teenager und tranken unseren Cappuccino, den er zu meiner Verwunderung auch ohne Koffein wählte. Sollte dies eine erste Gemeinsamkeit sein? Er machte mir unendlich viele Komplimente über mein Aussehen und das tat einfach nur gut. Zumindest wusste er, was Frauen hören wollten. Nach etwa zwei Stunden im Café bummelten wir durch die Innenstadt. Glücklich, Hand in Hand. Ich hatte kleine Schmetterlinge im Bauch. Er schien wirklich der Mann zu sein, welcher mir rund um die Uhr im Chat Komplimente machte und mich begehrte. Ich spürte so was wie ein Glücksgefühl in mir. Trotz anfänglicher Unsicherheit überhaupt diesen Mann zu treffen, fühlte sich alles sehr schnell vertraut an.

Alex steuerte, nachdem wir eine Weile herum spaziert waren, ein Lokal an, in welchem wir noch Mittagessen wollten. Er zeigte sich galant, in dem er mir die Tür aufhielt, den Mantel abnahm und immer sehr höflich mit mir sprach. Seine Umgangsformen gefielen mir gut. Wow, dachte ich. Mit ihm könnte es vielleicht was werden.

In langen Gesprächen entdeckten wir sehr viele gemeinsame Interessen und Zukunftsvisionen, sodass meine Gefühle Bestätigung fanden. Alex saß mir jetzt gegenüber. Als ich ihn so anschaute, fiel mir auf, dass er ein wenig traurige Augen hatte, die ihr Blitzen verloren, wenn er ernst schaute. Wer war dieser Mann? Woher kam er? Hatte er Familie? Wie sieht sein Berufsleben aus? Wer sind seine Freunde? Diese Fragen beschäftigten mich noch lange.
Wir entschieden uns beide für das vegetarische

Gericht, was mir auch sehr gefiel. Eine weitere Gemeinsamkeit, er war kein großer Fleischliebhaber. Er erzählte, dass er zwar ab und zu Fleisch essen würde, sich jedoch sehr gesund ernähre. In der Hauptsache stand Fisch und Gemüse auf seinem Speiseplan. Sein Lieblingsessen aber war jedoch Kürbissuppe.

Er wurde mir immer sympathischer, denn auch bei den Essgewohnheiten gab es nun eine große Übereinstimmung zwischen uns beiden. Wir sprachen über unsere Familien, Lieblingsbeschäftigungen und lernten uns so noch näher kennen.

Es war ein herrlicher Sonntagnachmittag, wie ich ihn schon lange nicht mehr erlebt hatte. Und ich war zum ersten Mal wieder richtig entspannt und in bester Stimmung. Alex begleitete mich zu meinem Auto zurück und überprüfte es erst einmal auf seine Sicherheit. Wie aufmerksam.
Ich erzählte ihm zuvor, dass es schon fast zwanzig Jahre alt war und nicht mehr in einem so tollen Zustand. Er schien besorgt um mich.
Was für ein Gefühl. Ich vertraute ihm immer mehr und hätte ihm kaum für irgendetwas böse sein können.

Als ich nun bereits im Wagen saß verabschiedete er sich etwas zu intensiv für meinen Geschmack, aber ich schenkte seinem zufälligen Griff an meine Brust keine weitere Aufmerksamkeit. Er war doch kein Busengrabscher, oder? Ich wollte auch nicht verklemmt oder prüde wirken, aber dachte mir, nochmal machst Du das nicht, mein Lieber!

Vermutlich war dies alles was er noch konnte: Küssen und Grabschen. Dieser Aspekt wurde mir aber erst später klar.

Zuhause angekommen setzte ich mich ohne Licht ins Wohnzimmer und ließ den Tag auf mich wirken. Eine ganze Stunde verbrachte ich nachdenklich auf dem Sofa. Viele Gefühle und Eindrücke stürmten auf mich ein. Ich hatte ein wenig Mühe dies alles zu sortieren. Ja, und verheiratet war ich ja auch noch. Doch dieses Thema konnte ich nun abschließen. Es war nur noch eine Formsache zwischen meinem Ehemann und mir. Die Ehe war beendet, er hatte sie mit Füßen getreten, mich mit einer Hure betrogen und monatelang angelogen. Mein schlechtes Gewissen, mich neu zu verlieben, konnte sich folglich in Grenzen halten.

In der Zwischenzeit hagelte es nur so an WhatsApp Nachrichten von ihm, in welchen er seine Begeisterung über mich aussprach.
Hier einige Auszüge:
Alex: *„Es war soooooooo schön"*
Ich: *„Ja das war es"*
Alex: *„Dich möchte ich nicht mehr missen. Möchte Dich überall als meine Frau vorstellen. Ich liebe dich sehr. Du bist so attraktiv. Ich bin so begeistert von dir. Du riechst genial. Zeige mich gerne mit dir. Ich möchte mit dir Liebe machen. Ganz liebevoll. Du sollst dich als Frau fühlen. Dieser Moment soll ein ganz besonderer sein."*

Also doch nur Sex, sagte ich mir. Wie konnte er nur nach so kurzer Zeit von Liebe sprechen?
Doch Alex schwärmte weiter: *„Es ist ein Traum. Wir sind immer lieb zueinander. Es macht mich sehr stolz,*

wenn die anderen Männer schauen. Du hast eine wahnsinnige Ausstrahlung. Es ist nicht in Worte zu fassen, was ich für dich empfinde. Ich möchte Bilder mit dir vom Fotografen. Ich liebe dich. Du bist so schön. Mich hat noch nie eine Frau so begeistert. Du bekommst meine ganze Liebe und Zuneigung. Ich weiß deinen Wert sehr zu schätzen. Du raubst mir den Verstand. Ich werde dich auf Händen tragen. Es macht mich sehr stolz mit dir zusammen sein zu dürfen. Gute Nacht meine Traumfrau, schlaf' gut, ich bin so glücklich."

So endete der Tag an welchen wir uns das erste und letzte Mal trafen. Das wusste ich damals aber noch nicht. Ich war einfach nur glücklich. Ich bemerkte nicht, dass etwas mit diesem Mann nicht stimmte. Sollte aber in den folgenden Tagen und Wochen mehr von ihm erfahren. Ein Satz machte mich schon stutzig, maß ihm aber keine größere Bedeutung bei. Er erwähnte, auf die Frage ob er eitel sei: *„Eitel ja, aber ich bin nicht einfach".*
„Einfach sind wir alle nicht" konterte ich mit einem Schmunzeln und vergaß diese beiläufige Bemerkung erst einmal wieder.

Seine Nachrichten bauten mich anfangs noch auf. Komplimente, Interesse an meiner Person und Mitgefühl waren genau die Dinge, die ich in meinem damaligen Zustand brauchte. Alex gab mir das zurück, was mein Ehemann mir nahm. Alex war mein Engel.

Leider folgten nach einigen Wochen aber auch zwischendurch immer wieder Nachrichten von ihm, die eindeutig unter die Gürtellinie gingen. Wenn ich mich über seine Ausdrucksweise beschwerte wurde er sauer und meinte ich sei spröde, sperrig und kompliziert. Am Ende glaubte ich ihm das sogar, zeigte ihm aber gleichzeitig, dass mir dieser Ton nicht gefiel. Er bemühte sich sofort wieder um seine Ausdrucksweise und schlug sanftere Töne an. Er war also auch lernfähig. Und ich zu lange weg vom Fenster um zu verstehen, wie wohl in der heutigen Zeit kommuniziert wird.

Bei anderen Kandidaten sollte ich später noch mehr davon hören. Aber ich wunderte mich über nichts mehr in der Männerwelt, hatte mein Ehemann mich doch vor meinen Augen betrogen und machte sogar fröhlich weiter als ich davon erfuhr. *„Ich gehe weiterhin zu ihr, ob es dir passt oder nicht"* war sein polemischer Kommentar, als ich es herausgefunden hatte. Wie konnte ein Mensch nur so eiskalt und so skrupellos sein? Wir hatten uns doch einst geliebt. Was hatte diese Hexe aus ihm gemacht?

Ich saugte Alex' schöne Worte auf, wie ein trockener Schwamm das Wasser. Die leichte Depression, in die ich zuvor gefallen war, löste sich dank seiner Zuwendung auf. Er war sozusagen der Mann, der mich nach vielen Monaten des Kummers, wieder glücklich gemacht hatte. Es war sehr schön von ihm zu Lesen und zu Hören.

Die folgenden zwei Wochen waren voll von Liebesbekundungen und das nächste Treffen mit Alex stand kurz bevor. Da wollten wir dann auch endlich noch näherkommen. Inzwischen waren wir sehr vertraut miteinander geworden. Ich erzählte ihm nun von meiner Familie, und er von seiner. So fand ich heraus, dass da bei ihm einiges im Argen lag. Er hatte keine Kinder, lebte allein, war nie verheiratet und der Kon-

takt zu den Eltern und Geschwistern war auch abge-
brochen. Das konnte ich mir nur schwerlich vorstellen.
Ab und zu stritten wir über dieses Thema, doch unsere Zuneigung wuchs von Tag zu Tag und nichts
schien uns mehr trennen zu können. Er erklärte mir
auch, dass er mich eines Tages heiraten möchte und
er gerne Kinder mit mir gehabt hätte. Die Tage in
meinem Leben bekamen durch Alex wieder Sonnen-
schein.

Wir wussten immer wo sich der andere gerade aufhielt und verbrachten so wahrhaftig beinahe Stunde
um Stunde miteinander via Telefon und Chat. Ich betrachtete Alex mittlerweile als meinen Freund. Er war
nun der neue Mann an meiner Seite, auch wenn er
körperlich nicht anwesend war. Das Dating Portal war
uninteressant geworden und ich schaute nur ab und
zu mal rein, aber mit keinem der Männer dort hatte ich
Kontakt. Eigentlich bezahlte ich umsonst meinen mo-
natlichen Beitrag.

Einzig, was mir eines Tages auffiel, war, dass Alex
auch immer wieder online auf dem Portal war. Er versicherte mir, dass etwas mit seiner Kündigung nicht
geklappt hatte. Wie hätte er auch andere Frauen treffen können, nachdem wir fast zwanzig Stunden am
Tag mehr oder weniger in Kontakt waren. Ich schob
die Zweifel beiseite, glaubte ihm und war glücklich.
Meine Gedanken kreisten nur um Alex, mein neues
Glück.

So reservierte ich ein Hotelzimmer in einem Hotel in
meiner Stadt, denn zu Hause schlich ja noch mein
untreuer Ehemann ab und zu durch die Gänge. Da
konnte ich Alex unmöglich empfangen. Alex gefiel das
Hotel sehr gut, welches ich auswählte und er plante

mehrere Nächte zu bleiben. Mir sagte der Gedanke sehr zu, denn ich hatte Weihnachtsurlaub und hätte mir nichts Schöneres vorstellen können als die Tage mit ihm zu verbringen, meinem Alex.

Drei Tage vor seinem geplanten Besuch bei mir, wurde Alex plötzlich krank. Eine böse Erkältung hatte ihn erwischt, wie er mir glaubhaft schilderte. Sein Zustand wurde von Tag zu Tag schlimmer. Er besserte sich dann zwar wieder, aber es war kein Durchbruch zur endgültigen Genesung in Sicht. Alex schien sehr deprimiert und sagte auch so was Komisches wie: *„Der Rückfall hat mich auf dem falschen Fuß erwischt"*, als es ihm einen Tag besser und den anderen Tag danach wieder schlechter ging.

Ich verstand diese Aussage nicht. Heute vermute ich, dass es keine Erkältung war, nicht einmal ein ganz schlimmer Männerschnupfen, eher eine psychosomatische Geschichte. War er gar manisch-depressiv? Ich weiß es bis heute leider nicht genau. Von diesem Zeitpunkt an konnte er nicht mehr telefonieren, nur noch schreiben. Er schien verzweifelt, doch wollte er mich unbedingt sehen und hielt mich davon ab das Zimmer zu stornieren. Er wollte auf jeden Fall kommen, doch bis zur letzten Minute besserte sich sein Zustand nicht dauerhaft. Ein Auf und Ab, jeden Tag wieder anders.

Am Abend vor dem geplanten Treffen stimmte er mir zu, das Zimmer abzusagen, denn er war nicht einmal in der Lage Auto zu fahren. Ich war sehr enttäuscht, doch er konnte ja schließlich nichts dafür. Zu meinem Bedauern aber, wollte er immer noch nicht telefonieren. Seine Liebeserklärungen kamen nur noch per Chat und nach einer Woche antwortete er plötzlich gar nicht mehr. Schließlich nahm ich das Telefon in die Hand und wählte seine Nummer. Ich wollte nun wissen, ob es ihm sogar die Stimme verschlagen hatte. Er legte sofort auf, als ich meinen Namen sagte. Ich hielt es für ein Versehen und machte noch einen Versuch, ihn zu erreichen. Doch wieder wurde der Hörer aufgelegt. Ich verstand die Welt nicht mehr. War plötzlich seine Ex-Freundin aufgetaucht? War die große Verliebtheit zu mir so schnell erloschen, wie sie kam? Hatte er, der eingefleischte Junggeselle, Angst vor Verbindlichkeit und zu großer Nähe? War er einfach nur feige? War er überhaupt krank? Oder ist er gar wirklich schwer krank? Mir fielen plötzlich wieder seine traurigen Augen ein, die er hatte, wenn er ernst schaute. Was sagten sie aus? Ich wusste mir keinen Rat und versuchte mich über seine Reaktionen schlau zu machen. Im Netz fand ich verschiedene Hinweise für so ein Verhalten, doch das war mir zu schwammig.

Ich beschloss kurzerhand zu ihm zu fahren, seine Adresse hatte er mir zuvor schon einmal gegeben. Ich wollte ihn nicht überfallen und so kündigte ich mein Kommen in mehreren Sprach- und Textnachrichten an. Alex reagierte nicht. Doch er sagte auch nicht, dass ich nicht kommen sollte. Schließlich waren wir doch ein Paar. Oder? Er wollte doch seine Zukunft mit mir verbringen. Als seine Frau, so wie er mich bezeichnete, musste ich doch nach ihm schauen, wenn er krank war. Vorsichtshalber buchte ich ein Hotel, denn ich wusste ja nicht was mich erwartete.

Nach zweieinhalb Stunden Fahrt kam ich in Baden-Baden an. Vom Hotel aus versuchte ich noch ein letztes Mal bei ihm anzurufen. Nichts. Keine Antwort auf meine Nachrichten, kein Annehmen des Telefons. Ich lief zurück zu meinem Auto und beschloss zu ihm zu fahren.

An seinem Haus angekommen, wartete ich eine ganze Weile davor, unentschlossen ob ich klingeln sollte oder nicht. Es war Winter und der Schnee lag hoch auf der kleinen Seitenstraße, in welcher mein Wagen auch noch stecken blieb als ich wieder abfahren wollte. Ich sagte vor mich hin, *„oh Gott, wenn er jetzt aus dem Fenster schaut, dann sieht er mich womöglich noch".*

Mit einiger Anstrengung und Vor - und Rückwärtsbewegungen meines Autos schaffte ich es dann doch noch, wieder frei zu kommen. Ich bog um die Ecke und überlegte. Ich traute mich nicht zum Haus zurückzugehen und zu klingeln, weil ich dachte, er lebte dort vielleicht doch mit einer Frau. Also beschloss ich ins Hotel zurück zu fahren.

Ich setzte mich auf mein Bett und versuchte erneut Alex zu erreichen. Was war bloß los. Ich hatte keine Erklärung. Von hundert auf null in wenigen Augenblicken. Ich verstand die Welt nicht mehr. Mir blieb nichts weiter übrig, als ihm neue Nachrichten zu senden, so lange bis es ihn nervte, um endlich eine Reaktion von ihm zu bekommen. Schließlich bekam ich sie mit folgenden Worten:

„Lass mich in Ruhe, das ist Stalking".

Wow, das hatte gesessen. Ich eine Stalkerin?! Ich wollte eben noch eine Nachricht abschicken, als ich merkte, dass er mich bereits komplett gesperrt hatte. Keine Chance mehr an ihn heran zu kommen. War es das mit uns? Er schien wirklich krank zu sein. Aber es war bestimmt keine Erkältung.

Hatte er Angst davor wieder verlassen zu werden?

Angst vor Zurückweisung? Angst zu Versagen? Angst vor der eigenen Courage? Angst das eingefahrene Leben endlich umzukrempeln? Angst die Freiheit zu verlieren, die er als Single hatte?

Ich blieb die Nacht im Hotel, aber von Alex hörte ich nichts mehr. Was blieb mir also anderes übrig, als nach dem Frühstück wieder nach Hause zu fahren. Sollte das nun alles gewesen sein? Ich hatte keine Erklärung, nichts. In den folgenden Tagen hoffte ich immer noch von ihm zu hören, aber es kamen keine Nachrichten und keine Anrufe mehr. Die Sperre am Telefon hielt er ebenso noch aufrecht. Ich fühlte mich zwar nicht so schlecht wie vor ein paar Wochen als mein Ehemann mich betrogen hatte, doch ich fühlte mich wiederum verlassen. Was war bloß los?

Meine Freunde und Familie versuchten mich aufzumuntern und sagten, ich solle diesen irren Typen doch schnell vergessen. Er tauge nichts und ich fände an jeder Ecke einen Besseren. So sei das halt mit den Männern aus dem Internet. Entweder sie lügen oder wollen nur Sex. Oder Beides.

Doch was wollte Alex? Diese Frage beschäftigte mich sehr lange, denn ich bin der festen Überzeugung, dass ich ihm meine neu gewonnene Lebensfreude verdanke oder zumindest, dass ich durch ihn wieder ins normale Leben zurückfand. Zuvor bestand es nur aus Tränen und täglichem Kotzen, dank meines widerwärtigen und treulosen Ehemannes und seiner Gespielin, die nur auf sein Geld aus war und er dumm genug war, dies nicht zu merken.
Die Wochen plätscherten so dahin und der ein oder andere Kandidat wurde auf dem Portal auf mich auf-

merksam. Dazu mehr in den anderen Kapiteln. Für mich war Alex noch nicht erledigt. Er war schon zu tief in meine Gefühlswelt vorgedrungen. Es war mir ein Bedürfnis ihm wenigstens zu danken, wenngleich ich auch nie eine Erklärung für sein Verhalten bekommen würde. Ich beschloss ihm einen Brief zu schreiben, denn das Telefon nahm er nicht ab und die Nachrichtensperre bestand noch immer. Ich dankte ihm und erklärte ihm meine Gefühle für ihn, ohne in einen Liebesdusel zu verfallen. Am Ende des Briefes wünschte ich ihm viel Glück für seine Zukunft und bestätigte ihm von ganzem Herzen, dass er immer ein besonderer Mensch in meinem Leben sein würde. Ob wir uns wiedersehen oder hören, oder auch nicht. Das war dann auch mein erster Versuch, das Thema Alex endlich abzuschließen.

Nach circa zehn Tagen als ich den Brief verschickt hatte, und genau zwei Monate seit unserem letzten Kontakt, erreichte mich ein „Hallo" auf meinem Mobiltelefon. Es kam von Alex. Ich war verwundert, überrascht und ein wenig glücklich zugleich, ohne mir jedoch allzu große Hoffnungen zu machen. Alex schien tatsächlich psychische Probleme zu haben. Sein Ton war nicht mehr so liebevoll wie in unseren Chats zuvor, aber er betonte immer wieder, wie sehr er mich vermisste. Ich nahm den Kontakt mit ihm erneut voll auf, doch wir schrieben uns nur ab und zu. Jetzt ging er eindeutig nur noch in die sexuelle Richtung. Er sagte, dass er verrückt nach mir sei und mich unbedingt sehen wollte. Ich war skeptisch, doch stimmte einem Treffen zu. Nicht zuletzt um mehr darüber zu erfahren, was in den letzten Wochen mit ihm los war. Alex war allerdings nicht mehr bereit, mir weiter als 30 Kilometer von seinem Wohnort weg, entgegen zu kommen.

Er verlangte sogar, dass ich zu ihm kommen sollte. Ich verneinte, denn schließlich stand ich bereits erfolglos vor seiner Tür. Wir bekamen ständig Zoff und der Ton wurde härter. Eigentlich hätte ich den Kontakt längst abbrechen sollen, doch dieser Alex gab mir Rätsel auf die es zu lösen galt. Als es wieder mal darum ging, wer hier zu wem kommt und wohin, ließ ich mich breitschlagen, den Großteil der Strecke mit dem Zug zu fahren, sodass er mich ganz in seiner Nähe vom Bahnhof abholen konnte.

Ich freute mich und hatte Bedenken gleichermaßen, was mich wohl erwarten würde.

Am Vortag meiner Abreise schickte ich ihm meine Zugverbindung und sagte ihm wie sehr ich mich freue, ihn endlich wieder zu sehen. Doch was geschah? Nichts. Keine Antwort, keine Reaktion. Hatten wir das nicht schon einmal? Zum Glück hatte ich das Zugticket noch nicht gekauft. Doch ich hatte die feste Absicht Alex zu besuchen, auch um Klarheit über unser Verhältnis zu bekommen.

Am Samstagmorgen um sieben Uhr, als Alex schon online war, schrieb ich ihm, dass ich mich in ein paar Stunden zu ihm auf den Weg machen würde und ihn am Bahnhof erwarte, sofern er sich nicht in der nächsten Stunde mit einem klaren NEIN meldete. Da das erwartete NEIN nicht kam, schaute ich nach der Zugverbindung. Die Kosten für das Ticket waren jetzt erheblich gestiegen, so wich ich auf eine Mitfahrgelegenheit aus dem Internet aus. Alles klappte hervorragend. Die Abfahrtszeit passte mit der geplanten Zugabfahrtszeit bestens überein und für Alex machte es keinen Unterschied in Bezug auf die Abholung. Nur, dass ich nicht am Hauptbahnhof ankommen würde, sondern an einem großen Möbelhaus in der Nähe.

Just, als wir auf die Autobahn fuhren schickte ich Alex eine Nachricht wie folgt:
Ich: *„Zug hat sich leider verteuert. Sitze jetzt im Auto via Mitfahrgelegenheit aus dem Internet. Er setzt mich in Karlsruhe beim Möbelhaus ab. Lass mich bitte nicht hängen. Adresse lautet: Dresdner Straße, um ca. um 15 Uhr."*
Alex: *„Spinnst du"*
Ich: *„Bin unterwegs"*
Alex: *„Ich bin nicht da."*
Ich, *„Was soll ich jetzt tun? Alex. Ich sitze im Auto"*
Alex: *„Egal"*
Ich: *„Und nun? Kommst du?"*

Endlich kam eine Reaktion von ihm, die aber nicht dem entsprach, was ich erwartet hatte. Diese Art und Weise kannte ich allerdings schon von vor zwei Monaten. Und wieder hatte er mich auf dem Handy gesperrt. Seitdem war wieder kein Kontakt mehr möglich. Hatte dieselbe Krankheit wieder zugeschlagen? Aber was ist das nur für ein Leiden?

Da ich nun schon mit dem Auto unterwegs war, bat ich meinen Fahrer, mich an der nächsten Autobahnraststätte wieder aussteigen zu lassen um dort auf meinen Sohn zu warten, den ich anrief um mich abzuholen. Wartend, bei einer Tasse Kaffee kreisten meine Gedanken:
„Was ist los mit diesem Mann? Ist er nur feige, will er nur reden und ist er am Ende gar impotent? Jedes Mal wenn er sich erhoffte, das zu bekommen, was er forderte zog er im wahrsten Sinne des Wortes den

Schwanz ein. Will er nur die Frauen an der Nase herumführen und sich an den zugesendeten Bildern ergötzen? Warum aber der Aufwand. Zwei Schritte vor und drei zurück. Was bringt das? Hatte ihn das Leben, das er lebte so gebeutelt? Wie dem auch sei: Ich mag ihn und ich bin mir sicher, wir beide sind noch nicht am Ende. Vielleicht kann ihm meine Freundschaft eines Tages helfen seine Probleme in den Griff zu bekommen. Ich habe ihm einiges zu verdanken, er gab mir neuen Mut alleine weiter zu machen.

„Alex, du bist und bleibst ein besonderer Mensch in meinem Leben. Irgendwie mag ich dich, obwohl Du unmöglich bist."

Wenn er das Buch liest, ist dies meine persönliche Nachricht an ihn.

Ich verfolgte weiterhin seine Spuren im Netz. Er schien endlos auf der Suche zu sein, wonach ist mir nicht ganz klar. Ja, jetzt kommt doch die Stalkerin in mir durch. Ich musste über mich schmunzeln als mir dieser Gedanke kam.

Nach ein paar Monaten meldete er sich wieder in alter Manier. Er fragte ob ich immer noch Single sei, so wie er. Ich bejahte. Sofort kam die Anfrage nach aktuellen Bildern und wann ich Zeit hätte ihn zu besuchen. Ich musste laut lachen. Der alte Schwerenöter. Ich weiß nicht warum, aber ich schickte ihm erneut ein aktuelles Bild. Nur das Gesicht von mir war zu sehen, mehr nicht. Das Bild, welches er mir schickte lies mich staunen. Er sah nicht gut aus, obwohl er lachte. Er war alt geworden und wirkte trotz seines schlanken Körpers nicht mehr so jugendlich, wie ich ihn in Erinnerung hatte. Ich gab aber keinen Kommentar dazu ab. Er seinerseits strotzte nur so vor Charme. Seine Worte waren wie folgt. *„Du bist ganz schön gut beieinander."*

Ich erklärte ihm, dass ich ein paar Kilo zugenommen hatte und es mir aber auch wieder besser gehe. Das interessierte ihn nicht. Es war ihm egal wie gut oder schlecht es mir ging. Er schrieb weiter: *„Du bist zu fett. Nimm' ab!"*

Ich konnte ihn nicht mehr ernst nehmen. Wir stritten noch eine Weile, wie wichtig fünf Kilos hin oder her sind, doch er blieb dabei. Ich war ihm zu fett. Das war für mich nun der endgültige Zeitpunkt Alex abzuhaken. Ich brachte es nicht übers Herz ihm zu sagen, dass er auch nicht mehr so ganz frisch aussah, denn darauf kam es mir nicht an.

Alex hatte ein Problem. Er war fast vierundzwanzig Stunden täglich online, seit vielen Monaten oder gar Jahren auf dem Portal und sammelt Telefonnummern von Frauen, wie andere Leute Briefmarken. Ich denke nicht, dass er alle trifft, weiß aber auch nicht, was er damit bezweckt. Alex ist Mitte fünfzig und arbeitet nicht mehr. Er hat keinen Kontakt zu seiner Familie. Was ist sein Lebensinhalt? Ich würde ihm gerne beistehen, so wie er mir beigestanden hat. Aber er lässt sich bisher nicht helfen. Der Ansatz war da, ist dann aber im Keim erstickt worden. Alex ist mit Sicherheit beziehungsunfähig oder sagen wir mal, beziehungsscheu. Ich fragte mich, ob sich das mit dem Alter nicht legen könnte? Hatte er sich nicht schon lange die Hörner abgestoßen? Er wollte doch endlich ankommen. Wieso steht er sich selbst im Weg? Schützte er mich am Ende vor sich selber?

Oder ist er nur der größte Feigling, den ich jemals kennengelernt habe?

Marc, Axel, Ulmer, Italiaboy, Marco, JetztLust, Julian, Phillip & Co.

Während meiner Pause von Alex lernte ich auch viele jüngere, nette Zeitgenossen kennen:
Das sind meine Cougar Jäger.
Einige Frauen oder junge Männer, die die Erfahrung gemacht haben, wissen wovon ich rede, andere denken wohl an ein Automodell oder können erst einmal gar nichts damit anfangen. Mir ging es genauso. Ich musste erst einmal nachlesen was das bedeutet, und da habe ich folgendes gelernt:
Ein Cougar ist eine Wildkatze, ein Puma, der ein silbernes Fell hat. Soweit so gut. Doch im Sex- und Beziehungsleben ist das eine, meist gutaussehende ältere Frau (danke fühle mich geschmeichelt), die bevorzugt Sex mit ganz jungen Männern hat. Diese Frauen haben zum Teil auch schon graue oder weiße Haare, was dann wiederum mit der Wildkatze verglichen wird. So ist das also. Wieder was gelernt.

Wir reden hier schon mal von bis zu fünfunddreißig Jahren Altersunterschied. Mein jüngster Anwärter war gerade mal achtzehn Jahre alt, als ich bereits meinen dreiundfünfzigsten Geburtstag hinter mich gebracht hatte. Diese Jungs wollen was lernen, beziehungsweise mit Frauen ins Bett, die wissen was sie wollen. Die meisten Mädels ihres Alters sind da eher unentschlossen und zögerlich. Ist wohl wie mit gut und lange gelagertem Wein. Je älter umso besser. Einer hat mir das mal so erklärt:
„Ihr Damen in reiferem Alter wisst was ihr von den Männern erwartet. Wir geben euch das und nehmen

35

gleichzeitig eure Erfahrung mit.“
Interessant hierbei ist, dass dies echt hübsche Kerlchen waren, die mir da geschrieben hatten. Feine Gesichter, gut gebaute Körper, gut gekleidet und dabei sind sie charmant und höflich. Absolut zum Anbeißen. Hilfe, was sage ich da? Das könnten alles meine Söhne sein. Nun, ich sage dies ohne Hintergedanken, denn so ein Bürschchen kam für mich nie in Frage, obwohl einige dieser Jungs es gleich mehrmals bei mir versucht haben.

Bin ich doch nicht so hässlich? Warum treibt es mein Ehemann dann mit einer anderen?

Nun zurück zu meinen Jägern, die aus allen Schichten kamen. Darunter waren Schüler, Studenten, Rechtsanwälte, Arbeiter, Angestellte und sogar Models.
„Wow, bin ich sexy, wenn die mit mir ins Bett möchten“, sprach ich mir selber aufmunternd zu.
Aber ich bin nun mal kein Cougar.

Nebenbei bemerkt, eine von Alex‘ vielen Ungewöhnlichkeiten war es, dass es ihn anmachte, wenn besonders junge Männer nach mir schauten. War er etwa auch so ein Cougar Jäger? Dann müssten seine Bettgenossinnen jetzt ja inzwischen fünfundsiebzig oder älter sein. Oje, bin ich etwa zu jung für Alex? Egal. Wie schon gesagt, die jungen Kerle wollten mich zum Sex einladen, weil sie mich sexy fanden. So deutlich habe ich das auch gesagt bekommen.

Einer der Cougar Jäger, ein junger Vertriebsingenieur, wohnte nicht weit entfernt und ich beschloss, diesen immerhin schon Mittdreißiger, auf eine Tasse Kaffee zu treffen, da ich zufällig in seiner Nähe einen Termin hatte.

Er arbeitete in einer größeren Firma und wir trafen uns in seiner Mittagspause. Zu diesem Zeitpunkt wusste ich noch nichts über Cougars und auf was er hinaus wollte. Völlig entspannt stimmte ich einer Verabredung auf einen Kaffee zu. Die Wochen vorher hatten wir einige Chats miteinander und auch Sprachnachrichten wurden gegenseitig geschickt. Ich muss sagen, so eine atemberaubende Stimme hatte ich noch nie bei einem männlichen Wesen gehört. Das machte mich eben neugierig. Wir verabredeten uns in einer Eisdiele, gleich um die Ecke seiner Firma.

Während ich schon mit meinem Cappuccino am Tisch saß und auf ihn wartete, sah ich ihn von weitem, elegant an den anderen Tischen vorbeilaufend, direkt auf mich zugehen. Wir erkannten uns sofort. Die Kellnerin wusste bereits was er bestellen wollte und brachte ihm sogleich seinen Espresso. Wahrscheinlich war er öfters hier. Er umarmte mich mit einem „Hey, " und drückte mir einen Kuss auf die Wange. Sein Aftershave war betörend. Wir blieben auch bei den anderen Gästen nicht unbemerkt und manch einer dachte wohl „was will er mit der Alten".

Eine kurze Weile unterhielten wir uns angeregt, bis er schließlich zum Punkt kam.
Ja", begann er, „*du bist eine sehr attraktive und intelligente Frau und ich möchte dich unbedingt wiedersehen, denn ich möchte auch mit dir schlafen*".

Mir blieb erst einmal die Spucke weg. Soviel Direktheit und Ehrlichkeit hatte ich nicht erwartet. Dann redete er weiter: *„Gefalle ich dir?* Wenn ja, dann sollten wir uns bald mal treffen".

Verblüfft entgegnete ich ihm ein *„Ja"* auf die Frage ob er mir gefalle, fügte aber sofort hinzu, dass ich keine Sex Dates suche und für mich nur eine feste Partnerschaft in Frage käme.
Er schüttelte den Kopf und sagte: *„Das was du suchst kann ich dir nicht geben, aber wenn du mal einsam bist und Lust auf mich hast, bin ich jederzeit gerne bereit dazu."*

Nach etwa fünfzehn Minuten war unser Treffen beendet. Er bezahlte unsere Getränke und verabschiedete sich mit dem Worten: *„Wie gesagt, für Sex bin ich immer zu haben".*
Ich lachte innerlich, weil ich mir nur schwer vorstellen konnte einfach nur mal Sex mit so einem Jüngling zu haben. Amüsiert machte ich mich wieder auf den Heimweg.

Nach zwei oder drei höflichen Chatnachrichten zog er es vor mir nicht mehr zu schreiben, da es ihm nicht guttat, wie er mir sagte, nicht bei mir landen zu können. Ich wünschte ihm alles Gute und sagte *„Adieu."*

Mittlerweile gesellten sich weitere Cougar Jäger in meinem Postfach dazu und ich muss sagen, die Jungs wurden immer attraktiver. Aber in dieser Konstellation hatte ich einfach kein Interesse an ihnen.
Doch es gab sicher Frauen, die diese jungen Männer schätzten. Wenn ich es mir aber richtig überlege, hatte ich mal eine Kollegin, deren Lover war tatsächlich um mehr als zwanzig Jahre jünger. Jetzt weiß ich, sie war ein Cougar.

Nach einigen Wochen meldete sich auch mein einziges Cougar Date wieder und hakte nach, ob sich meine Gesinnung geändert hätte. Ich verneinte und er meinte bloß, er würde mich weiter jagen wollen. Auf freundliche Art versteht sich. Darauf schickte ich ihm ein letztes virtuelles Lächeln und löschte seine Nummer.

Ich fühlte mich niemals bedroht von den jungen Verehrern, die ich kennengelernt habe, nein, eher ein wenig geschmeichelt. Sie ließen eine Frau das Alter vergessen. Die Jungs boten mir im Laufe meiner Mitgliedschaft auf dem Portal, mehrere Male ihre Dienste an und blieben dabei, wann immer ich mich einsam fühlte oder verwöhnt werden möchte, sie wären jederzeit für mich da.
Eins muss man ihnen lassen, charmant und höflich waren sie alle. Da könnte sich so mancher Mittfünfziger eine Scheibe abschneiden.
Wer also darauf steht, nur zu und viel Spaß! Appetitlich sind sie allemal.

NEUANFANG

Ob er mein Neuanfang werden würde, ließ sich eine ganze lange Zeit nicht sagen. Er schrieb mich an, wie so viele andere auch, doch sein Bild war wenig aussagekräftig. Er zeigte nur die Augenpartie aus seinem Gesichtsausschnitt, doch die Augen selber waren noch durch eine Sonnenbrille verdeckt. Wen sollte ich da erkennen? Auch so einer, der nur mal schaut ohne selbst entdeckt zu werden? Normalerweise hätte ich solchen Zuschriften nicht viel Beachtung geschenkt. Aber seine Beschreibung war ganz nett. Ich wollte mehr von ihm hören und war interessiert. Ein paar Zeilen kann ich ja mit ihm schreiben und dann ist gut, dachte ich mir.

Wir tauschten dann auch relativ schnell unsere Telefonnummern aus und stiegen nach kurzer Zeit auf WhatsApp um. Ich bat ihn um ein Selfie, damit ich mir ein besseres Gesamtbild machen konnte. Er meinte zwar, dass man auf diesen selbst gemachten Bildern doof schaut, schickte mir aber dennoch eins zu. So, sah ich nun sein ganzes Gesicht. Er hatte ein umwerfendes Lächeln mit ausgesprochen schönen Zähnen. Das gefiel mir sehr gut. Obwohl er im Großen und Ganzen etwas konservativ, ja eher spießig aussah, beeindruckten mich seine gepflegten Zähne, die durchaus echt zu sein schienen.

Ich stellte keine allzu großen Ansprüche, außer Treue an meinen zukünftigen Partner, aber ein Mann musste gepflegt sein und gut riechen, sonst könnte ich mich ihm nicht nähern. Zahnbeläge oder Mundgeruch, nein danke. Schweißflecken und Dreck unter den Fingernägeln, bitte nicht. Ein guter Duft, ja gerne.

Also beschloss ich, den Kontakt mit ihm zu vertiefen, anstelle mich nach ein paar Sätzen von ihm zurück zu ziehen. Wir schrieben täglich abends und nach einiger Zeit sogar schon frühmorgens, wenn er mit der S-Bahn ins Büro fuhr. Ja, da hatte er ja auch Zeit. Nach ein paar Wochen gestanden wir uns eine gewisse Zuneigung und wollten uns auch mal treffen. Er berichtete von zwei Treffen mit anderen Frauen, die nicht so glücklich verliefen, weil die Fotos geschönt waren. Er meinte auf dem Portal finde man eh nichts Gescheites, was ich ihm durch meine bisherigen Erfahrungen nur bestätigen konnte. So hofften wir beide, die große Ausnahme zu sein.

An einem Montag sollte ich ihn besuchen, er wollte sich extra dafür den Nachmittag frei nehmen. Ich kaufte ein Zugticket und freute mich, ihn endlich einmal zu sehen. Am Morgen des besagten Tages saß ich im Büro, als er mir am frühen Vormittag eine Nachricht schickte, dass er am Nachmittag doch nicht freinehmen könnte, da er einen Termin für eine Besprechung bekommen hatte. Er war leitender Angestellter und musste immer mit so einem kurzfristigen Einsatz rechnen.
Ich ließ mir meine Enttäuschung nicht anmerken, war aber schon etwas traurig. Das bereits gekaufte Zugticket konnte ich leider nicht mehr zurückgeben, so hatte ich knapp siebzig Euro in den Sand gesetzt. Ich erzählte ihm aber nichts davon. Und irgendwie hatte ich ein Déjà-vu. Man erinnere sich an Alex.
Unvermindert liefen unsere Chats tagtäglich weiter und bald war ein neuer Termin für eine Verabredung gefunden.

Was mir an ihm auch sehr gefiel war, dass er sich sehr um seine Eltern kümmerte. Jedes zweite Wochenende besuchte er die beiden älteren Herrschaften, zwei Autostunden von seinem Wohnort entfernt. Er blieb über Nacht dort und unterstützte seine Mutter bei der Pflege des Vaters.

Tja, und wie der Teufel es so will, platzte auch unsere zweite Verabredung sehr kurzfristig, weil seine Mutter krank wurde und er sich nun vermehrt um den Vater kümmern musste. Sollte das so weitergehen?

Es erschien mir schon ein wenig seltsam, aber ich glaubte nicht, dass jemand seinen kranken Vater vorschob, um ein Treffen zu umgehen.

Ich hatte trotzdem meine Zweifel, ob da vielleicht nicht doch seine Frau im Spiel war, von welcher er noch nicht geschieden war. Aber wie sollte ich das herausfinden?

Sein Sternzeichen im Zwilling sagte mir, dass er auch eher ein unverbindlicher Typ wäre. Die gute Eigenschaft des Zwillings: Er liebt die Frauen. Die schlechte Eigenschaft des Zwillings: Er liebt die Frauen.

Das kann man nun interpretieren wie man möchte.

Obwohl er mir immer wieder viele Bussis und rote Herzchen im Chat schickte, konnte ich nicht so richtig einschätzen, wie er unsere Fernbeziehung betrachtete. Eher freundschaftlich oder wollte er mehr. Keine Ahnung, er ließ mich weiterhin im Unklaren.

An einem verlängerten Wochenende im März machte ich eine Kurzreise zusammen mit meinen Eltern und meiner Schwester. Wir feierten den Geburtstag meines Vaters sowie einen Tag danach, auch noch den Geburtstag meiner Mutter in einem Wellnesshotel.

Und welch' Zufall, der Heimatort meines Chatpartners lag zufällig auf der Strecke zu unserem Zielort.
Er wusste, dass ich ein paar Tage unterwegs sein würde, und ich fragte ihn, ob er Überraschungen mag. Er zeigte sich erfreut. Mein Plan war, ihm auf meiner Heimreise, welche auf den Montag fiel, einen kurzen Besuch abzustatten. Einfach so, um sich zu sehen. Ohne weitere Aktivitäten. Einfach mal „Hallo" sagen. Ihm gefiel diese Idee sehr gut, und da es ein Wochentag war, gab er mir die Adresse seines Büros.

So genossen meine Familie und ich unsere Urlaubstage, feierten ausgelassen die beiden Geburtstage. Drei Tage später machten wir uns gut gelaunt wieder auf den Heimweg. Ich erzählte meiner Familie was ich auf der Rückfahrt vorhatte, und alle drei waren mit dem kleinen Zwischenstopp einverstanden.

Nach etwas mehr als einer Stunde verließen wir die Autobahn um in Richtung Stadtmitte einer Großstadt zu gelangen. Was für ein Verkehr. Wir steckten in einem fürchterlichen Stau und ich konnte zur vereinbarten Zeit nicht vor Ort sein. Zu meinem weiteren Pech war dann der Akku meines Mobiltelefons auch am Ende und ich hatte keine Chance meinem Date Bescheid zu geben, dass ich mich verspäten werde. Das Mobiltelefon meiner Schwester nutzte mir nicht viel, denn seine Telefonnummer war in meinem abgespeichert. Ich war ratlos und verärgert. Sollte das kurze Treffen jetzt auch nicht klappen?

Endlich war ich fast an der Adresse angekommen, aber die Hausnummer, die er mir nannte war nicht zu finden. Ich fragte Passanten, war sogar in einer

Apotheke in derselben Straße, um mich nach dieser Hausnummer zu erkundigen, aber keiner konnte mir weiterhelfen. Hatte er mir die falsche Adresse genannt? Nach meinen bisherigen Erfahrungen mit den Männern vom Portal, hätte ich mir alles vorstellen können, auch das. Obwohl ich ihn nicht so einschätzte. Aber wer weiß was das wieder für ein Typ war. Ich parkte das Auto ein paar Meter weiter und stieg aus. *„So ein Mist"* sagte ich zu meiner Schwester, *„was nun?"* Es waren bereits fünfzig Minuten über der vereinbarten Zeit und ich hatte keine Ahnung wohin ich nun gehen oder fahren sollte. Ich überlegte. Dann fiel mir ein, dass meine Powerbank ja noch in der Handtasche sein musste. Das hatte ich in der Aufregung ganz vergessen. Wenigstens konnte ich jetzt mein Mobiltelefon wieder einschalten. Nach ein paar Sekunden hatte es wieder Saft und ich konnte endlich meine PIN Nummer zum Entsperren eingeben. Mein Date hatte mir derweil schon sieben Nachrichten geschickt, mit der Frage, wo ich denn bleiben würde. Er wartete schon eine Weile, hatte sich den Termin am Vormittag extra für mich im Kalender freigehalten.
Ich rief ihn sofort an. Er war schnell am Telefon und ich erklärte ihm meine Situation.
„Moment" sagte er, *„ich komme runter auf die Straße, dann finde ich dich schon."*
Wir bleiben beide am Telefon. Plötzlich sagte er mit freudiger Stimme, ja fast kindlich *„ich kann dich sehen, ich sehe dich".* Er wiederholte diese Worte mehrmals. Das klang irgendwie nett. Ich blickte um mich und suchte ihn, aber da war eine sechsspurige Straße, die verkehrsmäßig aus allen Nähten platzte. Ich sah ihn nicht. Er rief immer noch: *„Ich kann dich sehen, warte, ich bin gleich bei dir"*

Dann schaute ich auf die andere Straßenseite. *"Das muss er sein"* flüsterte ich und schaute weiterhin in seine Richtung bis er mir zuwinkte. Nun waren nur noch sechs Spuren Straße zwischen uns.

„Komm doch rüber" sagte er.

„Wie soll ich denn bei diesem Verkehr über die Straße kommen" entgegnete ich.

Wir mussten beide lachen.

Er hatte ebenso wie ich Schwierigkeiten die vielen Spuren zu überqueren und so trafen wir uns letztendlich in der Mitte auf einer Verkehrsinsel. Was für ein romantischer Platz für ein erstes Treffen. Er küsste mich sogleich links und rechts auf die Wange und wir beide schauten uns schmunzelnd an. Der Verkehr sauste laut an uns vorbei, sodass wir uns fast anschreien mussten. Aber das Beste war, dass ich einen spießigen, kleinen Beamten erwartet hatte, aber ein toller Mann vor mir stand. Ich war auf das Angenehmste überrascht und wusste gar nicht was ich sagen sollte. Das kommt bei mir höchst selten vor.

Er war groß und schlank, hatte schöne dunkle Haare, die hatten mir auch auf den Bildern schon gefallen, und ganz nach meinem Geschmack gekleidet. Ein cooler Typ. Wow, dachte ich, gefällt mir sehr gut, was ich da sehe.

Ja, da standen wir nun mitten auf der Straße und ich wusste nicht so recht, was ich sagen sollte. Er zeigte mir nun auch die Hausnummer, die ich vergeblich gesucht hatte. Das Haus stand etwas nach hinten versetzt zur Hauptstraße und war somit nicht so leicht zu finden. Wir waren beide etwas verlegen, denn unser Treffpunkt war schon ungewöhnlich. Die ganze Zeit über behielt er ein sanftes Lächeln im Gesicht, was ihn sehr sympathisch machte. Ich schaute ihn gerne

an und ärgerte mich, zu spät zu unserem Treffen gekommen zu sein. Er bedauerte nicht mehr Zeit zu haben, denn eigentlich hatte er mich ja eine Stunde früher erwartet. Ich musste lächeln, als ich bemerkte,
dass er sehr auf meine Hände schaute. War dies ein
Zufall oder bildete ich mir das nur ein? Normalerweise
schauen Männer doch eher auf die Oberweite oder
auf den Hintern einer Frau, mehr noch in die Augen
als auf die Hände. Aber nein, er beobachtete jede
Handbewegung von mir. Oder suchte er nach einem
Ring? Meinen Ehering vielleicht? Den hatte ich schon
vor einiger Zeit abgelegt. Als schließlich klar war, was
mein Ehemann so treibt, habe ich den Ring mit einem
Hammer in eine etwas längliche Form gebracht.

Sollten meinem Date schöne Hände so wichtig sein,
wie mir gepflegte Zähne? Na dann haben wir ja beide
so unsere speziellen Eigenheiten. Kein Problem,
dachte ich, Test bestanden. Warum nicht. Meine
Hände pflege ich und meine Fingernägel sind immer
schön gefeilt und dezent lackiert.

Wir wechselten leider nur ein paar wenige Worte miteinander, denn nach etwa zehn Minuten mussten wir
uns auch schon wieder voneinander verabschieden.
Ich wollte schon loslaufen als er mich zurückhielt für
ein Bussi links und ein Bussi rechts und mich noch
schnell umarmte. Das gefiel mir auch sehr gut. Freue
mich schon auf das Bussi dazwischen, dachte ich und
lief schließlich los. Ich drehte mich einige Male um,
während ich in Richtung unseres Autos ging und
schaute ihm gerne nach, als er die drei Straßen zurück zu seinem Büro überquerte.
Er trug eine dunkle Hose, die ihm sehr gut passte,
schöne italienische Schuhe, ein weißes Hemd und

eine dunkle Krawatte. Er wirkte sportlich und frisch, ja man könnte sagen, er wirkte jung und lebendig. Schließlich war er auch drei Jahre jünger als ich. Ganz mein Geschmack.

Am Morgen sagte ich noch zu meiner Schwester, dass ich mir wünsche, er würde ein weißes Hemd und eine dunkle Krawatte tragen. Ich wusste ja, dass er im Büro immer eine Krawatte trug. Im Prinzip finde ich das in Ordnung, doch leider kombinierten die Männer häufig ein hellblaues, langweiliges Hemd dazu. So wie zum Beispiel in meiner Firma.

Ich winkte noch einmal, denn auch er drehte sich noch öfters nach mir um, bis er schließlich im Bürogebäude verschwand. War dies nun ein gutes Zeichen, dass wir uns beide öfters umdrehten? Ich war gespannt auf seine weitere Reaktion im Laufe des Tages und des Abends.

Von der Reise zurückgekehrt saß ich abends auf der Couch und blickte immer wieder auf meine Nachrichten auf dem Mobiltelefon, doch von „Neuanfang", welcher im richtigen Leben Thomas hieß, war keine Nachricht dabei. Am Abend nahm ich eine Sprachnachricht auf und sendete sie ihm zu. Ich sagte ihm, dass ich mir unser heutiges Speed-Date noch einmal durch den Kopf gehen ließ und ich angenehm überrascht war. Dass er mir gut gefalle, und ich ihn gerne wieder treffen möchte, sofern er das auch möchte. Doch es gab keinerlei Reaktionen mehr von ihm an diesem Tag. Das wunderte mich einerseits, andererseits hatte er in der letzten Zeit öfters mal sein Mobiltelefon im Büro liegen lassen, mir dies aber spätestens am nächsten Morgen mitgeteilt.

Abwarten, dachte ich. Morgen ist ein neuer Tag. Ein wenig enttäuscht legte ich mich schlafen. Am nächsten Morgen saß ich wieder im Büro bei meiner Arbeit und wartete auf ein Zeichen von ihm. Eigentlich hätte er sich längst melden müssen. So lief es zumindest die letzten Wochen ab. Nichts, wieder keine Nachricht von ihm. Jetzt wurde mir klar, dass er mich wohl nicht wiedersehen wollte und ich befürchtete, dass er sich ebenso feige wie Alex aus dem Staub gemacht hatte. Gegen zehn Uhr vormittags verfasste ich eine, wie ich vermutete, letzte Nachricht an ihn mit folgenden Worten: *„Ok, ich merke schon, du warst nicht angenehm überrascht. Wünsche Dir weiterhin viel Erfolg bei der Suche nach deiner Traumfrau. Mach's gut*
Liebe Grüße Soulsista"

Und damit schloss ich das Thema ein wenig wehmütig ab. Gedankenverloren arbeitete ich weiter. Sind denn alle Männer Feiglinge, wenn es um Beziehung geht? Als ich in der Mittagspause erneut meine Mailbox checkte, war auch eine Nachricht von Thomas dabei. Gespannt las ich was da stand:
„Hallo, wie kommst du darauf?"
Verwundert über seine Reaktion antwortete ich ihm wieder per Sprachnachricht wie folgt:
„Also ich dachte, nachdem du dich weder gestern Abend noch heute früh bei mir gemeldet hast, zeigst du mir dein Desinteresse. Sollte es aber anders sein, so freue ich mich. Immerhin hattest du mir erzählt, dass deine letzten beiden Treffen mit Frauen auf dem Portal enttäuschend für dich waren und ich befürchtete, dass ich mich auf dieser Liste mit einreihen muss. Es war einfach deine Reaktion. Nämlich, weil gar nichts mehr von dir kam."
Er antwortete trocken:

„Hatte mein Handy im Büro vergessen. Muss heute noch bis siebzehn Uhr arbeiten."

Aha, na dann hatte sich das nun auch geklärt, und unsere Chats gingen fast wie bisher weiter. Ich freute mich darüber und hoffte, dass von ihm bald ein neuer Vorschlag für ein ausführlicheres Date kam. Aber irgendetwas hatte sich in unserer Kommunikation verändert. Er schrieb zwar regelmäßig, doch ich hatte das Gefühl, dass es mehr so Pflichtnachrichten waren. So, als ob er die kleine Flamme zwischen uns am Leben halten möchte. Doch das Lodern des Feuers blieb aus. Ebenso der Vorschlag für eine neuerliche Verabredung. Hatte er gerade andere Dinge im Kopf, etwa Sorgen? War seine Frau, von welcher er getrennt lebte, wieder zum Thema geworden? Belastete ihn die Situation mit dem kranken Vater, den er mittlerweile jedes Wochenende besuchte, so sehr? Ich konnte mir keinen Reim darauf machen. Suchte er gar keine neue Partnerschaft und wollte nur ein wenig flirten?

Er erzählte nicht viel aus seinem Privatleben, und so plätscherte unsere Freundschaft bis heute einfach so dahin. Gerne hätte ich ihn näher kennengelernt.

Eines Morgens meldete er sich, dass er wieder zu seinen Eltern fahre, weil es dem Vater schlechter ging. Er sagte, dass er ein ganzes verlängertes Wochenende bei seinen Eltern bliebe. Sein Mobiltelefon hätte er so lange ausgeschaltet. Zwischendurch hatte er es für kurze Zeit angemacht und mir geschrieben. Er fragte wie es mir so geht und er erzählte, dass er eine weitere Woche bei seinen Eltern bleiben würde. Ohne auf meine Antwort zu warten, war das Telefon wieder ausgeschaltet worden. Ich schickte eine Nachricht mit der Frage wie es ihm so gehe und sagte ihm,

dass ich gerne mal wieder mit ihm chatten oder telefonieren würde. Er erklärte mir, dass er bei seinen
Eltern so gut wie keinen Empfang habe. Was sollte
ich da nun glauben? Wohnten seine Eltern tatsächlich
so ländlich, wo es keinen so guten Mobilfunk gab?
Oder war er im Versöhnungsurlaub mit seiner Frau?
Ich war skeptisch und es blieb mir nur eins: Abwarten,
wie sich die Beziehung zwischen uns noch entwickeln
sollte. Wir schrieben uns nun seit fast drei Monaten.
Meine Mutter sagte, wenn das schon so lange dahin-
plätschert, wird das eh nichts mehr. *„Schau mer mal"*,
wie der Bayer so schön sagt.
Thomas hatte sich dann nach zwei Tagen ohne jeglichen Kontakt wieder bei mir gemeldet. Er fragte erneut wie es mir gehe und wie mein Tag war. Gleichzeitig erwähnte er, dass es seinem Vater leider nicht
besser gehe, er aber nicht mehr bei seinen Eltern sei,
weil er am nächsten Tag wieder arbeiten müsse. Ich
sagte ihm, dass bei mir alles OK wäre, ich ihn aber
ein wenig vermisst hätte. Sogleich schickte er mir einen virtuellen Kuss. Ich antwortete ihm, dass ich aber
auch verstehen kann, dass er gerade andere Sorgen
hatte. Daraufhin zog er sich wieder ohne große Worte
zurück. Ich glaubte nicht, dass er mir etwas vormach-
te und ließ es erst einmal so stehen. Die folgenden
Tage liefen nach demselben Schema ab wie bisher.
Tagelang erschien er nicht auf WhatsApp. Entweder
die Sorgen in der Familie nahmen ihn tatsächlich so
gefangen, oder aber er machte sich langsam aus dem
Staub bzw. verschwand wieder aus meinem Leben.
Ich versuchte mir nicht allzu große Hoffnungen zu
machen um hinterher keine Enttäuschung erleben zu
müssen. Wir schreiben uns heute noch, elf Monate
nach unserem ersten Kontakt. Ein neuerliches Treffen
kam nicht mehr zustande. Unser Kontakt ist heute

eher freundschaftlich als leidenschaftlich. Vielleicht war ihm aber auch alles zu viel und zu anstrengend. Er äußerte sich nicht weiter dazu. Mich störte, dass er sich immer wieder wortlos für Tage verabschiedete, um dann plötzlich wieder von sich hören zu lassen, als wäre nichts gewesen. Da wurde mir klar, dass andere Dinge in seinem Leben wichtiger waren, als der Kontakt zu mir.

Thomas' Vater war leider mittlerweile verstorben und jetzt kümmerte er sich vermehrt um seine Mutter. Er hatte, wie er beteuerte, auch noch keine andere Beziehung. Sein Verhalten aber, blieb.
Er machte einen Schritt vor und zwei zurück. Darum machte ich mir keine Hoffnung mehr und nahm ihn auch nicht mehr wirklich wahr. Was sollte das auch bringen. Da war einfach zu wenig Initiative von ihm. Ich denke, er wollte erst einmal sein Singledasein genießen. Oder ich war einfach nicht der Typ Frau, nachdem er suchte. Mein NEUANFANG wurde er bisher jedenfalls nicht.

Wendelin

Es gab auch sehr nette Kontakte zu älteren Herren und von einem möchte ich hier gerne erzählen.
In meinem Alter denkt man ja noch nicht so sehr an die Rente, und ich konnte mir nicht vorstellen mit einem Mann zusammen zu kommen, der bereits das Rentenalter erreicht hat. Meine Freizeitaktivitäten passten einfach nicht mit denen der älteren Herren zusammen, und auch als Mann bevorzugte ich eher den Typ Endvierziger als den Mann Anfang sechzig.

Durch Sport und gesundes Essen versuchte ich mein biologisches Alter zu senken. Was aber nicht heißen sollte, dass ich grundsätzlich einen jüngeren Partner suchte, doch mehr als zehn Jahre älter war mir eindeutig zu alt.

Wendelin war einer dieser Herren, die unbedingt mal eine Tasse Kaffee mit mir trinken gehen wollten. Ich schaute mir sein Profil an. Er war ein sportlicher älterer Herr, groß und schlank. Er hatte volles Haar und einen dicken Schnauzbart, wirkte sehr gepflegt und war gut angezogen. Aber leider eben ganz und gar nicht mein Typ. Seine nette und höfliche Art und Weise mir zu schreiben, machte es mir schwer ihn einfach zu ignorieren. Also beantwortete ich seine Nachrichten. Ich gab ihm zu verstehen, dass er nicht so ganz meinen Vorstellungen entsprach, weil ich einen jüngeren Mann suchte. Ich machte ihm aber gleichzeitig Hoffnung, woanders noch eine tolle Frau zu finden, da er ja gut aussah für sein Alter und fit zu sein schien. Ich wünschte ihm viel Erfolg bei seiner Suche nach einer neuen Partnerin und hoffte, das wäre es mit unseren Chats gewesen. Ganz im Gegenteil. Nun fühlte er sich aufgefordert mir immer längere Textnachrichten zu schreiben.

Hätte ich mir die Komplimente sparen sollen? Ich dachte, packe eine schlechte Nachricht mit zwei guten zusammen, so kommt sie nicht so hart an. Ich wusste mir nicht mehr zu helfen und begann mich in einem schlechten Licht darzustellen, wie ich das schon öfters gemacht habe, damit er nicht mehr meinte ich sei die zukünftige Frau an seiner Seite. Für ihn schien der Altersunterschied kein Problem zu sein, und wenn er mir einigermaßen gefallen hätte, hätte ich mich eventuell damit arrangieren können. Doch er gefiel mir überhaupt nicht und deswegen wollte ich mich auf keinen Fall mit ihm treffen, auch nicht auf eine Tasse Kaffee. Dann würde sich der Mann nur falsche Hoffnungen machen.

Ich wollte ihn aber auf keinen Fall wegen seines Alters oder Aussehens kränken und gab vor, nur einen sehr reichen Mann zu suchen. Ich schrieb ihm, dass Geld das wichtigste wäre in meinem zukünftigen Leben und hoffte somit, dass sich sein Interesse an mir wegen meines schlechten Charakters erledige. Doch weit gefehlt. Wendelin erzählte mir, dass er gerade dabei ist, seine gutgehende Firma mit fünfzig Angestellten zu verkaufen und mit dem Erlös das Leben mit einer attraktiven Frau genießen möchte. Er hätte viele Jahre hart gearbeitet und sich kaum etwas gegönnt. Er meinte, dass er zwar nicht superreich sei, aber zwei Schnitzel auf dem Teller brauche er auch nicht und sein Geld würde schon gut für meine Ansprüche reichen.
Ich setzte noch einen drauf und beschrieb ihm was

ich mir so vorstellte. Ich sprach von einem Penthouse, einem Sportwagen und teuren Urlaubsreisen.

Doch Wendelin ließ sich nicht so schnell von mir abbringen. Er versuchte noch einmal sich selber positiv zu beschreiben und erklärte mir, dass er alles in allem doch genau der richtige Mann für mich wäre. Groß, sportlich, erfolgreich, eben nur ein paar Jahre älter. Ich wusste nicht mehr was ich dazu sagen sollte.

Doch ich blieb immer noch hartnäckig und willigte nicht auf ein Treffen mit ihm ein. Als er dann aber selber merkte, dass er mit mir so nicht weiterkam, schlug er eine ganz andere Richtung in unseren Chats ein. Er wurde nun zum väterlichen Freund. Er warnte mich vor der Welt der Reichen und Schönen und ermahnte mich vorsichtig zu sein. *„In diesen Kreisen",* so erklärte er, *„muss man immer gut aussehen und diese Männer leisten sich meist mehrere Frauen gleichzeitig."*

Er sagte mir, ich gehöre in die erste Reihe und nicht in die zweite. Ich verstand diesen Satz zuerst nicht so ganz und er antwortete, dass ich es verdient hätte, die einzige Frau an der Seite eines Mannes zu sein. Ehrlichkeit und Verlässlichkeit würden mich wohl kaum in diesen Kreisen, in die ich gedachte hinein zu kommen, erwarten.

Er schrieb mir endlose Nachrichten, um mir eine Vorstellung von meinen Wünschen und deren Konsequenzen machen zu können. Leider konnte er mich nicht überzeugen. Aber er meinte es wohl gut mit mir, denn jetzt begann er nach Firmenbossen zu suchen, die in meiner näheren Umgebung wohnten und deren Gehaltsklassen für mich in Frage kämen. Er war zu rührend. Jetzt half er mir sogar noch bei der Suche nach meinem Traummann, obwohl er merkte chancenlos zu sein. War dies seine Taktik?

Schlussendlich gab er mir sogar noch seine Telefonnummer, falls ich einmal Redebedarf hätte, oder sonst
irgendwelche Probleme bekäme. Er würde mir immer
mit Rat und Tat zur Seite stehen. Ich schrieb ihm nun
vermehrt kurze Antworten und so langsam gingen
auch ihm die Worte aus. Seine letzten Sätze waren:
*„Einen Kaffee hätten wir ja trinken können. Unverbind-
lich wäre egal".*
Ich ließ das so stehen und antwortete nicht mehr.

Ich bin mir aber sicher, dass es sich hierbei um ernst
gemeinte Anfragen handelte. Diese Männer suchen
tatsächlich eine längerfristige Beziehung für die letzten Jahre ihres Lebens. Doch müssen es ausgerechnet jüngere Frauen sein. Wahrscheinlich finden sie
gleichaltrige Frauen nicht mehr so attraktiv. Nun, zum
Glück gibt es ja auch Frauen, die ältere Männer be-
vorzugen. Also, warum nicht.

Wendelin war wie gesagt einer von vielen. Die Komplimente sind meinem Gefühl nach ehrlich gemeint
und gehen nicht nur in die sexuelle Richtung. Und er
war bestimmt auch kein Feigling. Aber eben auch kein
Kandidat für mich.

Ein anderer Mann im selben Alter kehrte auch immer
wieder auf meine Seite zurück mit den Worten: *„Ich
komme einfach nicht von dir los. ich weiß auch
nicht warum. Du bist eine wunderschöne Frau".*
Natürlich schmeicheln mir solche Worte. Wem nicht?
Doch für ein Treffen oder gar eine Partnerschaft reichte es eben auch nicht.

Ron

Eines Morgens befanden sich in meinem Postfach liebe Grüße aus Augsburg. Ich schaute auf das Profilbild, welches mir aus irgendwelchen Gründen so gar nicht zusagte. Ich grüßte zurück, denn ich wollte nicht unhöflich sein. Ron, so der Name des Schreibers, fühlte sich dadurch natürlich aufgefordert, mir nochmals zu antworten und begann gleich damit, mir ein paar Fragen zu stellen. Meine Antworten ließen auf sich warten, auf Konversationen mit ihm hatte ich einfach keine Lust.

Wochenlang schrieb er mir, doch ich antwortete nur mit kurzen und wenig aussagekräftigen Sätzen. Eines schönen Tages konfrontierte ich ihn mit meinem Verdacht, dass er es nur auf Sex mit mir abgesehen hätte. Es war so ein Gefühl, welches ich bei ihm hatte und mich irgendwie vor ihm warnte. Verwundert erklärte er mir: *"Nein auf keinen Fall"*.
Doch gleichzeitig fragte er mich nach meiner Konfektionsgröße. Ich musste laut lachten. Da war der Beweis und für mich war der Fall klar: Der Typ wollte hier nur in eine Richtung gehen, mit seriöser Partnerschaft hatte dies nichts zu tun. Ich erzählte ihm, dass ich so einen Chat nicht sehr schätze, und ich ohnehin noch angeschlagen war, weil mein Ehemann mich gerade mit einer anderen Frau, mit riesiger Oberweite betrogen hatte. Geht es denn immer nur um Sex heutzutage? Ich erklärte ihm, dass er oberflächlich sei. Er antwortete mir darauf, dass er ebenso einen Fetisch hätte, wie Johann. Dies sei ganz normal und häufig verbreitet. Nur, dass er nicht auf große Oberweite stehe, sondern auf wohlgeformte Hinterteile und lange Haare.

Wieder musste ich lachen, denn das passte schon eher zu mir.

Ron gab nicht auf. Selbst wenn er wochenlang ohne Antwort von mir blieb, er kontaktierte mich immer wieder.
Diesem Chat wollte ich nun endlich ein Ende setzen und machte mich wieder einmal so schlecht, wie es eben nur ging, in der Hoffnung, dass er endlich von mir ablassen würde. Ich erklärte ihm, dass ich keine Gute sei, ziemlich verwöhnt war und es nur auf Männer mit Geld abgesehen hätte. Und da käme er ja wohl nicht in Frage. Ich schilderte auch ihm, wie ich mir meine Zukunft vorstellte mit Sportwagen, Penthouse, Kreuzfahrten, Schmuck und Designerklamotten. Und wenn es geht, dann das alles mit Liebe und Zuneigung verbunden. Mir war klar, dass es so etwas eh nicht gibt auf dieser Welt und hoffte auf keine weiteren Nachrichten von ihm. Er müsste doch nun einen schlechten Eindruck von mir haben und von weiteren Bemühungen mich kennen zu lernen, absehen.
Doch was geschah?
Er schrieb mir munter weiter. Er erklärte mir, dass er nicht gerade arm sei und er sich mich leisten könnte. Das einzige Problem sei die Zeit. Ich glaubte ihm kein Wort und hielt es für einen weiteren Trick mich um den Finger zu wickeln. Auf meine Nachfrage, ob er mich nicht für zu oberflächlich halte, antwortete er: *"Oberflächlich ja, aber auch interessant"*.
Jetzt fehlten mir fast die Worte. Ron war nicht zu vertreiben. Was musste ich mir denn noch einfallen lassen. Andererseits beeindruckte mich seine Beharrlichkeit. Er schien sich wirklich für mich zu interessieren, so dachte ich. Ich fragte nach, warum er denn so sehr auf ein Date mit mir aus war, denn diese Frage

kam immer wieder auf. Er erklärte mir, dass ihm mein Bild gefalle. Er sagte, er mag meine Haltung, meinen Mund, meine Haare und meiner Figur sei er schon jetzt verfallen. Er betonte, dass er mir wahrscheinlich jeden Wunsch erfüllen würde. Meine dunklen, langen Haare erwähnte er gleich zwei Mal. Dem konnte ich nichts mehr entgegensetzen. Ich fühlte mich geschmeichelt, zumal er auch noch vier Jahre jünger war als ich. Sollte er es am Ende doch ernst meinen? Oder war er nur der größte Sprücheklopfer, der mir jemals über den Weg gelaufen ist?

Ich war leicht verwirrt und machte mir die Mühe sein Profil genauer zu studieren. Zu meinem Erstaunen las ich da Dinge, die mir schon sehr zusagten. Da war ich wohl in seiner Beurteilung zu kritisch gewesen. Besonders war ich angetan, weil er sich auch als spirituell beschrieb. Bei diesem Thema setzte ich an, um mehr über ihn zu erfahren und sogleich wurden die Chats interessanter. Er erzählte mir, dass er bereits sechs Monate in einem indischen Kloster verbracht hatte, jeden Tag Yoga übe und auch meditiere. Den vielen Stress im Job bewältige er mit Tanzen, besonders gerne mochte er den Tango. Das alles ließ mich erstaunen.

Mein Interesse an ihm wurde mehr und mehr geweckt. Viele Worte, denen ich vorher keine Beachtung geschenkt hatte, gefielen mir nun aus seinen Nachrichten. Ich hatte plötzlich Freude daran, von ihm zu hören und unsere Unterhaltungen waren nicht niveaulos, mal abgesehen von der Frage nach der Konfektionsgröße einige Wochen zuvor. Ich sah ihm das aber nicht mehr nach.

Eines Tages erzählte er mir, dass er für zwei Tage auf Geschäftsreise nach Spanien müsste. Ich wünschte ihm einen guten Flug. Dank heutiger moderner Kommunikationsmedien konnten wir ja auch von dort aus, vornehmlich abends, in Kontakt bleiben.

An einem warmen Frühlingsabend, als ich bei offener Balkontür auf der Couch lag, bekam ich zwei Fotos von ihm auf mein Mobiltelefon geschickt. Eines zeigte eine schöne Muschel auf seinem Oberschenkel liegend, das andere einen Strand im Abendlicht. Das gefiel mir sehr gut und mein Eindruck von Ron wurde immer besser. Er schien wirklich Sinn für das Schöne im Leben zu haben. Damit traf er auch meinen Geschmack und meinen Sinn für Romantik. Er wusste, wie er mich um den Finger wickeln konnte.

Als er wieder zurück in Deutschland war, ließ ich mich zu einer Einladung zum Abendessen mit ihm überreden. Ich schlug vor, dass wir uns in einem alten Kloster treffen, welches zwar nicht mehr betrieben wurde, aber nun unter anderem ein Restaurant hatte. Er stimmte zu und fragte gefolgt von einem Smiley: *„Haben wir beiden jetzt tatsächlich ein Date?"* Ich schickte ihm ein mit dem Auge zwinkerndes Smiley als Antwort zurück.

Es war an einem regnerischen Freitagabend als ich mich für Ron extra hübsch machte. Pünktlich am vereinbarten Ziel angekommen, sah ich schon seinen Wagen auf dem Parkplatz stehen. Ich wusste ja bereits, was er für ein Auto fuhr und das Städtekennzeihen war mir ebenso bekannt. Das konnte nur Ron sein.

Vor dem Eingang stand ein junger Mann im Regen. Er hatte eine Mütze auf und wirkte sehr jugendlich. Ich dachte, na das ist er nicht, er ist zu jung. Ron war sicher schon im Restaurant und wartete dort. Ich suchte einen Parkplatz, wurde aber erst einige Meter vom Eingang entfernt, fündig. Verdammt, es goss in Strömen. Am liebsten wäre ich gar nicht aus dem Wagen gestiegen. Doch mein Date wartete. Toll, dachte ich mir, das tut der Haarpracht besonders gut. Wohl dem, der keine auf dem Kopf hatte, so wie Ron. Er musste nicht um seine Frisur bangen. Mit einem Taschentuch war sie schnell wiederhergestellt.

Ich kramte nach meinem Regenschirm, öffnete die Autotür und spannte ihn bei noch offener Autotür gleich auf, damit ich darunter Schutz vor dem Regen hatte. Alles war irgendwie zu eng, zu ungemütlich und zu nass. Schnell stieg ich nun aus, schloss den Wagen ab und rannte zum Eingang. Da stand immer noch der Typ von vorhin im Regen. Mit dem Schirm über den Kopf hätte ich ihn fast umgerannt. Als ich vor ihm stand, erkannte ich doch tatsächlich Ron. "*Wow*" sagte ich, *warum stehst du denn im Regen*"? Gleichzeitig musterte ich ihn ganz genau. Er sah besser aus als auf den Bildern im Netz und seine Figur war sportlich. Da wurde ich ja doch mal wieder angenehm überrascht. Alles in allem wirkte er auf den ersten Blick sehr frisch und jugendlich, doch der Schalk saß ihm im Nacken.

Wir betraten eiligst das Restaurant um aus dem Regen zu kommen.
Sogleich begrüßte uns ein freundlicher Kellner und wies uns einen Tisch zu. Ron setzte sich noch

mit der Jacke angezogen an den Tisch, während ich zur Garderobe lief und meinen Mantel an den Haken hängte. Ron machte da keine Anstalten das zu übernehmen, aber das machen wohl eher die älteren Verehrer. Alex zum Beispiel.

Am Tisch zurück setzte ich mich Ron gegenüber. Er hatte wunderschöne, strahlend blaue Augen, umrahmt von langen Wimpern und er ließ keinen Blick von mir. Er hatte trotz seiner männlichen Glatze eine feminine Seite an sich. Kaum zum Reden fähig scannte er mich ab. Doch auch ich strahlte bei seinem Anblick.
Der Kellner brachte die Speisekarte und nahm unsere Getränke auf. Ron bestellte Bier und ich ein Glas Weißwein mit einer kleinen Flasche Wasser dazu. Ich war wirklich auf das Angenehmste überrascht von meinem Date und auch Ron schien begeistert von mir. Wir redeten und redeten, die Chemie stimmte sofort, wie man so schön sagt.

Der Kellner brachte die Getränke, aber wir hatten noch keine Gelegenheit die Speisekarte zu studieren und baten um Aufschub wegen der Essensbestellung. Leider musste der Kellner insgesamt dreimal an unseren Tisch kommen, bis wir endlich gewählt hatten. Ron und ich waren einfach zu beschäftigt mit Schauen und Reden. Die Zeit verging wie im Fluge. Wir hatten viele gemeinsame Themen. Ich freute mich sehr, Ron näher kennen zu lernen. Ja, man könnte sogar sagen, dass ich großes Interesse hatte, diesem witzigen, spritzigen, sportlichen aber auch gefühlvollen, tiefsinnigen und gutaussehenden Typen, der mir gegenüber am Tisch saß, näher zu kommen. Das Essen schmeckte vorzüglich und es wurde ein amüsanter und unterhaltsamer Abend, der sich nun langsam dem Ende zuneigte.

Als ich aufstand, um zur Toilette zu gehen, spürte ich seine Blicke auf meinem Körper. Da hatte er wohl auch ausführlich mein Hinterteil gemustert. Ich musste lachen. Doch es machte mir nichts aus. Als Frau versucht man ja immer die eigenen Schwachstellen zu kaschieren. Ron jedoch genoss anscheinend diesen Anblick. Ich freute mich und dachte: Endlich Schluss mit den unsinnigen Diäten.

Als ich an den Tisch zurückkam, setzten wir unser angeregtes Gespräch noch eine kurze Weile fort. Wir waren bereits die letzten Gäste und der Kellner kam mit der Rechnung. Ron bezahlte, ich war ja eingeladen. Mit einem Lächeln bedankte ich mich bei ihm dafür. Kurze Zeit später verließen wir das Lokal und standen nun draußen, Gott sei Dank nicht mehr im Regen.

Ron begleitete mich zu meinem Auto, welches in entgegengesetzter Richtung zu seinem stand. Wir schauten in die Sterne, es war herrlich romantisch. Plötzlich umarmte er mich und drückte mich fest an sich. Ich hielt es für die Verabschiedung und erklärte, dass ich nun gehen werde, bot ihm aber an, ihn in meinem Auto bis zu seinem Wagen mitzunehmen. Nach kurzer Fahrt waren wir da. Er stieg nicht sofort aus. Wir redeten lange, sodass ich den Motor wieder ausmachen musste, um nicht die ganze Nachbarschaft aufzuwecken. Ron beugte sich zu mir und stupste zärtlich seine Nase an meine. Mir gefiel das und ich stupste ihn sanft zurück. Er erwiderte mit einem Kuss. Es war etwas unbequem für ihn im Auto, als er sich zu mir hinüberbeugte, doch er ließ nicht ab. Er fuhr mir durch die Haare, schmiegte seinen Kopf an meinen und wir waren sehr entspannt. Er setzte zu weiteren leidenschaftlichen Küssen an, dass ich dachte, jetzt frisst er mich auf. Es war nicht unbedingt meine Art, sich so schnell näher zu kommen, aber es passte einfach.

Nach etwa eineinhalbstündig andauernder Verabschiedung drängte ich nach Hause. Schließlich konnte man an einem anderen Tag genau an dieser Stelle wieder ansetzen, wo wir aufgehört hatten. Er drückte mich noch einmal ganz fest, küsste mich ein letztes Mal und stieg aus. Wir vereinbarten nichts weiter. Seine letzten Worte waren: "*Oh, jetzt muss ich zur Toilette*".
Nun romantisch war das nicht gerade, aber ehrlich. Ich empfahl ihm den Baum, der in der Nähe stand und fuhr lachend davon.

Es war mittlerweile weit nach Mitternacht als ich im Bett lag, doch ich konnte noch nicht schlafen. Ich stand wieder auf, machte meinen PC an und gab seinen Namen, den er mir zuvor komplett nannte, in eine Suchmaschine ein. Wer war dieser Kerl? Ich suchte in den sozialen Netzwerken nach ihm und wurde dann auch prompt fündig, als über seinem Namen auch noch sein Bild erschien. Ja, das war er. Es gab mehrere Einträge über ihn.
Ron stand für Ronald Theodor Meininger.
Sogleich erschien ein Firmenprofil mit Bildern des Geschäftsführers. Ich war geschockt. Eine metallverarbeitende Firma mit zwanzig Tochtergesellschaften weltweit. Dazu kam noch eine zweite Firma, die er zusammen mit einem Geschäftspartner besaß. Oh

mein Gott, der hatte ja tatsächlich Geld. Was musste er von mir halten? Ich fühlte mich sehr schlecht. Das war doch nicht mein wahrer Charakter. Er ging aber wohl immer noch davon aus. Wie sollte das aufgeklärt werden. Geld ist doch nun wirklich nicht das Wichtigste im Leben. Die Nacht war gelaufen. Ich schlenderte zurück ins Bett und dachte nach, konnte aber nicht gut schlafen.

Am frühen Morgen gegen sechs, als ich wieder an meinem PC saß, sah ich auf dem Portal, dass er auch schon wach war und schrieb ihm eine Nachricht. Es kam nur eine kurze, höfliche Antwort. Ich erwartete etwas mehr von ihm, in Bezug auf den Vorabend, aber das blieb aus. Im weiteren Tagesverlauf ließ er nichts mehr von sich hören. Am nächsten Tag ebenso wenig. Soll es das etwa gewesen sein? Ich verstand nichts mehr. Hatte er mich nicht gerade noch voller Leidenschaft geküsst? Er schien nichts mehr von mir wissen zu wollen, warum auch immer. Allerdings war er fleißig auf dem Portal unterwegs, auf der Suche nach neuen Frauen. Ich war also dann doch nicht diejenige, die er begehrte. Warum dann dieser Abend? Er hatte sogar noch während des Essens ein Foto von mir gemacht. Hatte er ein Sammelalbum? Viele Fragen beschäftigten mich. Ist er also auch ein Feigling? Will er denn ewig Single bleiben? War ich ihm nicht gut genug? Hatte er nun doch einen schlechten Eindruck von mir bekommen? Empfand er mich zu geldgierig? Es gab erst einmal keine Erklärung. Ich zog mich daraufhin auch zurück und wartete noch eine Weile, ob er sich wieder meldete. Doch meist bekommt man ja keine Erklärung mehr. Ron war der erste, mit dem ich wirklich weitergegangen wäre. Es sollte nicht sein. Das war mein erster Impuls. Und dem wollte ich dann doch noch nachgehen. Drei Tage nach unserem ersten Date schlug ich ein weiteres Treffen vor. Zu meinem Geburtstag hatte ich zwei Karten für einen Besuch im Thermalbad geschenkt bekommen. Ich dachte mir, das wäre doch was für den viel beschäftigten Geschäftsführer Ron. Also lud ich ihn dazu ein und machte ihm den Vorschlag, mich gegen fünf Uhr nachmittags am besagten Tag abzuholen, da ich bis drei Uhr unterwegs war. Gleichzeitig bot ich ihm an, dass er aber auch schon früher kommen dürfe.

Er benötigte drei Stunden für seine Antwort, die eine Zusage war. Vertrauensvoll gab ich ihm meine Adresse, denn nun wusste ich ja wer er war. Pünktlich um vier Uhr klingelte es am vereinbarten Tag an meiner Haustür. Ron betrat mit einem umwerfend strahlenden Lächeln meine kleine Wohnung. Nach einem Begrüßungskuss schenkte ich uns Kaffee ein und er lobte meinen Kuchen, den ich am Vortag gebacken hatte. Die Zeit verging im Nu auf meinem Balkon. Die Sonne stand wärmend über uns. Wir hatten gute Gespräche und wie mir schien, auch großes Interesse am jeweiligen Gegenüber. Um sechs Uhr machten wir uns dann schließlich auf den Weg ins Thermalbad.

Ron fuhr einen schönen schwarzen Mercedes. Er stellte mir den Sitz ein, damit meine langen Beine bequem Platz fanden. Fürsorglich konnte er also doch auch sein. Ich fühlte mich wohl in seiner Gesellschaft. Nach kurzer Fahrt, die von ein paar kleinen Umleitungen durch Baustellen etwas umständlich war, erreichten wir unser Ziel. Ron parkte den Wagen und packte noch schnell aus drei Taschen, die er im Kofferraum hatte, seine Tasche für das Thermalbad zusammen. Badehose, Bademantel, Handtuch und seine Badeschuhe. Ich wunderte mich ein wenig, dass so viele Kleidungsstücke im Kofferraum waren. Er erklärte mir, dass das die Ausrüstung für die verschiedenen Sportarten die er in der geringen Freizeit betrieb, sei.

Das Thermalbad war angenehm leer, da die meisten wohl bei schönem Wetter eher draußen unterwegs waren. Wir suchten uns ein schönes Becken aus. Das Wasser sprudelte an manchen Stellen aus Düsen, die am Boden und an der Wand befestigt waren. So konnten wir sanfte Massagen genießen. Ron rückte näher. Er küsste mich immer wieder neckisch und sanft zugleich. Ein schönes Gefühl, unsere Zuneigung wuchs. Nach etwa einer halben Stunde verließen wir das warme Wasser, denn die empfohlene Badezeit lag bei zwanzig Minuten. Ich schlug vor zur Lichttherapie in den Ruheraum zu gehen. Ron war einverstanden. In unsere Bademäntel gehüllt machten wir uns auf den Weg. Ron nahm meine Hand. Wir sahen aus wie ein verliebtes Paar. Glücklicherweise war auch in dem Raum, in welchem die Lichttherapie stattfand wenig Betrieb und wir ergatterten zwei schöne Liegestühle. Herrlich relaxt lagen wir da und flüsterten uns leise ein paar Worte zu. Dann stand Ron auf und zog die Badehose aus. Nun, dachte ich mir, warum nicht, er hat ja noch den Bademantel an. So eine nasse Badehose mag nicht jeder. Er legte sich zurück auf seine Liege und schloss die Augen. Wir wären fast eingeschlafen, so gut konnten wir entspannen. Nach einer Weile rutschte die zu mir gewandte Seite des Bademantels ab und ich sah einen weiteren Teil seines Körpers. Seine Männlichkeit war glücklicherweise immer noch mit der anderen Hälfte des Mantels bedeckt, doch die rechte Hälfte des Körpers war nun nackt. Er hatte sehr schöne Haut, schmale Lenden, lange schlanke Beine und war an Brust, Armen und Beinen zart behaart. Unschuldig blickte er mich an und schlug verstohlen die heruntergerutschte Hälfte seines Bademantels zurück an die Stelle, wo sie hingehörte. Ich schmunzelte. Ron begann zärtlich zu werden. Er schob seine Hand in den Ärmel meines Bademantels und streichelte mich sanft. Ich tat ihm gleich. Meine Gedanken kreisten. Sollte ich mich verlieben? Wollte er doch mehr von mir als nur Sex? War das alles nur Taktik? Die Frage konnte und wollte ich nicht beantworten. Entspannen war angesagt. Ich war mit einem sympathischen, gebildeten und zudem noch gutaussehenden Mann, der außergewöhnlich schöne blaue Augen hatte, unterwegs. Was wollte ich mehr? Nach etwa einer halben Stunde hatten wir die ganze Palette der harmonisierenden Farben auf unserem Körper genossen. Wir beschlossen noch kurz in die Aromasauna und das Solebad zu gehen. Wo immer wir uns auch aufhielten, waren zärtliche Blicke und Berührungen mit dabei. So wie ein Liebespaar eben in einer Wellnessoase.

Doch, Ron war eingefleischter Junggeselle und liebte sein Singleleben, mahnte ich mich selber. Um mich vor neuerlichen Verletzungen zu schützen musste ich vorsichtig sein.

Das Finale unseres Thermalbadbesuches fand im Außenbecken statt. Hier tummelten sich schon drei oder vier Paare küssend in inniger Umarmung. Die Bademeisterin hatte alle Hände voll zu tun, das Geschehen unter Kontrolle zu halten. Zu hoch war doch in letzter Zeit die Spermienkonzentration im Wasser gewesen. Ron pirschte sich an mich heran. Keck wich ich ihm aus und lockte ihn an eine starke Düse, die vom Boden her sprudelte. Begeistert stellte er sich darauf und ließ sich die Füße massieren. Er jauchzte vor Vergnügen. Er bezeichnete das Gefühl als Orgasmus in den Beinen. Ich musste lachen. Ron wurde im Zeichen des Wassermannes geboren. Jedes Sternzeichen soll ja anscheinend so seine eigenen erogenen Zonen haben. Beim Wassermann waren es die Knöchel und die Waden. Zufall? Er liebte alles was den Füßen und Beinen guttat. Ich erklärte ihm, dass die Beine und Füße zu seinen erogenen Zonen gehören. Er blickte mich an und schmunzelte. Das warme Wasser, die Entspannung, die Massagen, dies alles passte perfekt zusammen. Die Bademeisterin war schwer beschäftigt mit ihrer Aufsicht.

Plötzlich ertönte eine Durchsage, dass das Bad in Kürze geschlossen werde. *"Na dann mal unter die kalte Dusche"* sagte ich zu Ron *"damit wir wieder etwas abkühlen können"*.

Ich entzog mich seiner Umarmung und schwamm zur Treppe, über welche wir das Becken verließen. Ron folgte mir sogleich. Wir zogen unsere Bademäntel an und steuerten auf die Duschen zu.

"Bis gleich" sagte ich *"wir sehen uns draußen."*

Ron nickte und verschwand in der Tür.

Nach einer halben Stunde saßen wir wieder im Auto, etwas müde, aber sehr entspannt. Ron fuhr nicht gleich los. Er blickte in meine Richtung. Fragend schaute ich ihn an. Er beugte sich zu mir und küsste mich erneut. Ich war zu diesem Zeitpunkt zu naiv um zu merken, was er einzig allein wollte: Sex.

Ich fragte ihn, ob er Hunger hätte und bot ihm an, bei mir zu Hause eine Kleinigkeit zu essen. Ich wollte nicht, dass er mich irgendwo zum Essen einlud. Er

sollte sehen, dass er mit mir auch ohne Geld auszugeben Zeit verbringen konnte. Er fuhr sogleich los.
Zu Hause angekommen bereitete ich das Essen zu, während er sich um die Getränke kümmerte. Wir unterhielten uns angeregt über seinen Job. Auch hier hatten wir viel gemeinsam. Als wir gegessen hatten folgte er mir ins Wohnzimmer. Ich stand am dunklen Fenster und schaute in die Sterne. Er blieb hinter mir stehen, umarmte mich, wir schauten die verschiedenen Sternbilder an und deuteten sie. Die Venus stand hell am Himmel. Ich drehte mich um und sah ihm in die Augen. Er hatte bereits beim Betreten meiner Wohnung Schuhe und Socken ausgezogen. Barfuß stand er da. Nicht ungewöhnlich für jemand der Yoga praktizierte. Wir verbrachten einen wunderschönen und unterhaltsamen Abend zusammen. Kurz vor Mitternacht verabschiedete er sich von mir, ohne nachzufragen, wann wir uns wiedersehen würden.
Was habe ich erwartet, fragte ich mich selber. Warum sollte Ron ausgerechnet bei mir sein geliebtes Singledasein aufgeben.

Gespannt wartete ich auf den nächsten Tag ob von ihm irgendeine Nachricht käme. Nichts. Auch das kannte ich bereits. Nach zwei Tagen schrieb ich ihn wieder an. Ich dachte mir, er war es sicher gewohnt, dass seine Sekretärin die Geschäftstermine machte, dann mach ich eben die privaten. Doch diesmal antwortete er nicht mehr. Eine dauerhafte Beziehung oder Partnerschaft mit mir stand nicht auf seiner Agenda. Ich war erneut verletzt. Er war ein großer und mit Sicherheit geübter Verführer.

Sogleich änderte ich auf dem Portal meinen Text ab:
"Suche keine ledigen Dauersingles"

Ich war mal wieder enttäuscht von den Männern.
Sie sind beziehungsunfähig oder einfach nur große
Feiglinge.

Zu meiner großen Überraschung kam am dritten
Tag eine Nachricht von Ron mit folgendem Wortlaut:
„Hi, magst du eine Beziehung mit heiraten?"
Gefolgt von einem Emoji, welches vor Angst weit
die Augen aufgerissen hatte. Ich musste lachen. Jetzt
hatte er Panik bekommen. Oh mein Gott. Ja erwarte
ich denn nach dem zweiten Treffen einen Heiratsantrag? Dieser Hosenscheißer, dachte ich mir und formulierte meine Antwort an ihn:
*„Guten Morgen, du bringst mich ja heute Morgen
schon zum Lachen. Nach zwei Dates kann ich noch
nicht sagen, ob ich jemanden heiraten möchte. Ich
suche erst mal eine ganz normale Beziehung. Habe
dir das im Chat mal geschrieben. Kein aufeinander
sitzen, aber ein Gefühl von Zugehörigkeit und Vertrauen. Und wenn es passt, kann man in fünf Jahren
immer noch heiraten. Habe ich deine Frage beantwortet?"*
Darauf schrieb Ron:
„Beziehung fühlt sich bei mir gerade nicht so gut an".

Habe ich es doch gewusst, wieder einmal wollte einer
nur sein Vergnügen. Ich war traurig und verwundert
gleichermaßen. Fühlte es sich bei unserem Zusam-
mensein doch anders an. Also sind sie alle nur gute
Schauspieler und tun alles um eine Frau um den Finger zu wickeln, oder haben sie womöglich Angst vor
ihren eigenen Gefühlen und sich endgültig mal voll
und ganz auf eine Partnerin einzulassen? Da heißt es
immer Frauen sind schwer zu verstehen. Aber es sind
die Männer, weil sie nämlich Beziehungsangst haben.

Ich kommentierte seine Antwort wie folgt:

„OK. Also war es das, was ich von Anfang an vermutet habe: nur Sex"

Er schrieb darauf:

„Hmm. Findest Du? Denke mehr"

Ich war jetzt ebenso überrascht. Was lag zwischen nur Sex und Beziehung?

Nicht nur einmal Sex, sondern mehrmals? Sollte ich ihm hier das Bett warmhalten, während er weiterhin lustig auf dem Portal und sonst wo unterwegs war?

Ich teilte ihm meine Gedanken mit:

„Was hast du erwartet? Ich habe eine Weile gebraucht mich mit Dir zu verabreden. Ich finde wir haben erschreckend viel gemeinsam. Das macht dich für mich sehr interessant und sympathisch. Ich bin aber auch ein Gefühlsmensch. Will, wie gesagt nicht ständig an Jemanden dranhängen, aber sagen können: Ron ist mein Freund. Ich weiß, du hast Angst vor zu viel Nähe. Aber am Ende musst du auf dein Herz hören. Der Vorschlag Beziehung auszuprobieren kam von dir. Ich wäre dazu bereit. Ohne Bedingungen, außer sexueller Treue natürlich."

Danach habe ich lange nichts mehr von ihm gehört. Er antwortete zwar immer, wenn ich ihn angeschrieben hatte, doch von seiner Seite aus kam nichts. Hatte er mehr von mir erwartet? Oder erhofft, dass ich eine lockere Beziehung suchte, so wie er? Sein Herz sprach jedenfalls nicht zu mir, höchstens der kleine Ron. Trotz meiner Enttäuschung musste ich lachen.

Ich halte Ron dennoch nicht für einen miesen Kerl, aber ich glaube, er hat ein echtes Problem mit zu viel Nähe. Er erzählte mir, dass es ja nichts Schöneres gäbe, als endlich den Menschen zu finden, der gut zu einem passt und der der Richtige wäre. Ich war wohl nicht diejenige, die es geschafft hatte sein Herz zu erobern, denn seit unserem Treffen tummelte er sich täglich mehrmals auf dem Portal. Es gehörte wohl auch zu seinem Tagesablauf. Er sucht also weiter, wonach auch immer. Er mochte einfach keine feste Beziehung.

Nach ein paar weiteren Wochen hatte ich wieder Post von Ron auf dem Mobiltelefon. Er fragte mich nach meinen erotischen Wünschen. Er würde sie mir gerne einmal erfüllen.

Klar, der alte Schwerenöter suchte wieder mal ein Opfer. Ich sagte ihm, dass man in einer Beziehung alles machen könnte, doch er war immer noch nicht bereit dazu, nur für eine Frau da zu sein. Somit haben wir es bei den Chats belassen.

Ron war ein Mann, der schon viele Jahre auf dem Portal unterwegs war. Das kam aber wohl von seinem Tagesablauf. Er musste unter der Woche sehr hart arbeiten und Verantwortung übernehmen. Das wollte er im Privatleben nicht. Er mochte diesen ganzen Beziehungsfirlefanz nicht. Am Wochenende suchte er unverbindliche Entspannung ohne weitere Verpflichtung. Daher musste auch immer Nachschub her, denn viele Frauen machen so ein Spiel auch nicht lange mit.

Ich erklärte ihm, dass dies nicht meinen Vorstellungen entsprach und verweigerte ihm daher weitere Verabredungen. Ich hätte mich sehr gerne wieder mit ihm getroffen, aber ich merkte, dass ich mich in ihn verliebt hatte. Das würde am Ende nur wieder wehtun. Es war ganz sicher keine Liebe auf den ersten Blick, doch seine Freundlichkeit und sein Humor hatten es

mir angetan. In all den Wochen und Monaten, in denen wir mehr oder weniger Kontakt hatten, wurden meine Gefühle für ihn immer stärker. Für ihn jedoch war ich nichts Besonderes, nur eine Frau, wie jede andere, die er mit seinem Charme becirct hatte.
Wir schrieben uns zwar noch ab und zu belanglos, aber im Großen und Ganzen ist das Kapitel „Ron" abgeschlossen. Es war eine kleine Romanze, um dem Alltag zu entfliehen. Mehr nicht.

Vor ein paar Wochen ist er fünfzig Jahre alt geworden. Ich hatte ihm noch gratuliert und er schrieb nur ein kurzes *„Danke"* zurück. Damit zeigte er erneut sein Desinteresse an einer Beziehung mit mir. Den Tag hatte er vermutlich, wie jeden anderen, in seiner Firma verbracht. Ich frage mich, ob er wirklich glücklich ist. Oder ist er nur zu feige, um einen Wechsel in seinem bisherigen Leben, zu wagen? Möchte nicht jeder eines Tages einmal ankommen?

Nette Männer, lustige Männer, verwirrte Männer

Es gab aber auch nette und sehr freundliche Zuschriften der Männer. Meistens waren sie nicht der Typ Mann, nachdem ich suchte, ließen sich aber durch eine höfliche Absage von mir auch nicht vertreiben. So schrieben wir tagelang, bis ich dann schließlich meine Antworten immer kürzer verfasste und am Ende gar nichts mehr zurückschrieb. Wie will man jemand charmant sagen, *„du, schreib nicht mehr, das interessiert mich nicht."* Ehrlichkeit ist schon auch wichtig, aber man sollte nicht verletzend werden. Oft schloss ich dann mit dem letzten Satz. 'Danke für deine nette Zuschrift, aber ich glaube das passt doch nicht so ganz."

Mit einigen Männern schrieb ich immer wieder, mal mehr und mal weniger. Da wäre schon der ein oder andere Kandidat gewesen, der mir gut gefallen hätte. Doch außer Schreiben kam da nichts. An manchen Tagen hatte ich keine Zeit mehr für andere Dinge, so heftig war der Schriftverkehr, inklusive Zusendung der neuesten Bilder der Herren.
Dann war wieder für ein paar Tage Ruhe. Teilweise ließen sie sogar wochenlang nichts von sich hören. Ich vermute, dass sie mit anderen Chatpartnerinnen beschäftigt waren. Oder handelte es sich nur um einsame Singles, die sich unverbindlich austauschen wollten, mehr nicht? Das Profil gab keine klare Auskunft darüber. Zum Teil war das sehr enttäuschend für mich, da ich ja einen neuen Partner suchte und ich nicht nur zum Nachrichten verschicken auf dem Portal

unterwegs war. Diese Männer waren zwar nett und unverbindlich, doch mehr war nicht von ihnen zu erwarten. Oder sie hatten ganz einfach das Interesse an mir verloren?

Zwei von den Netten schickten mir Lieder, die sie selber geschrieben hatten, wie sie mir erzählten. Das fand ich schön und außergewöhnlich. Doch mehr wurde auch nicht daraus.
Ein anderer versuchte es auf die Komiker-Tour, er schickte mir Fotos auf welchen er Faxen machte. Sollte er ernst zu nehmen sein? Wollte er mir damit seinen Humor zeigen? Ohne Worte, nur witzige Bilder. Seltsam. Diese Art von Kontaktaufnahme verstand ich nicht.

Ich wurde immer wieder in meiner Annahme bestätigt, dass Männer doch Feiglinge sind. Oh ja, es gab sie, die mir Komplimente ohne Ende machten, die sogar bestimmt auch ehrlich gemeint waren, so hoffte ich, aber am Ende waren sie für Taten zu feige. Oder nur zu unbeholfen? Oder zu bequem? Mein Postfach war alle Tage gut gefüllt mit Nachrichten.

Bedenklich fand ich auch diesen Kandidaten, welcher sich Rocco nannte und Italiener war. Sein Bild zeigte einen Mann mit Ende vierzig, mit ungekämmten, lockigen Haaren und einer dicken schwarzen Brille. Man könnte sagen, so der Typ verpeilter Professor.
Er schrieb wie folgt: (Originaltext)
„Guten Morgen! Gerne habe ich Deine Daten im Portal gelesen, wodurch ich Dich besonders interessant finde. Ehrlich gesagt, bin ich in Portal wegen meiner linguistischen Forschungen über die ‚Anzeige-

sprache' (natürlich ohne notwendigerweise mit den Leuten zu chatten!). Seit einiger Zeit aber bin ich auch da, weil ich irgendwie dadurch versuche, ein neues Leben zu starten, seitdem ich vor zwei Jahren meine deutsche Lebensgefährtin (46 und 186) bei einem Autounfall verloren habe. Mein Name ist Rocco: ich bin (ein ganz echter!) Italiener und wohne seit einigen Monaten in Straubing, ganz nahe der Isar. Ich bin in Italien Professor (für Alt-germanische Sprachen), aber jetzt darf ich 2 Jahre in Deutschland weiter forschen. Gestehen soll man jedoch, dass ich Deine Sprache sowie die Kultur und die Menschen, die da wohnen, so sehr mag, dass ich vermute, ich werde immer in Deutschland bleiben (natürlich, ohne auf Italien ganz zu verzichten!!!): ich habe mir sogar schon ein paar schöne (so typisch boarische!) Wohnungen angeschaut, die mir sehr gefallen. Auf ein Echo von Dir freue ich mich sehr. Lieben Gruß. Rocco"

Nun, dass sein Deutsch nicht einwandfrei war, machte mir nichts aus. Dennoch sprach er mich vom Typ her nicht an und ich formulierte meine Absage an ihn: „Hallo Rocco, danke für deine freundliche Zuschrift. Momentan möchte ich niemanden näher kennen lernen, da es schwierig ist, mit mehreren Kontakt zu haben. Nicht böse sein. Ich wünsche dir weiterhin viel Erfolg. Tanti Saluti"

Er reagierte nicht darauf und ich hakte das Thema ab. Erstaunlicherweise hörte ich von ihm nach ungefähr zwei Monaten wieder:
„Guten Morgen! Gerne habe ich Deine Daten im Portal gelesen, wodurch ich Dich besonders interessant

finde. Ehrlich gesagt, bin ich in Portal wegen meiner linguistischen Forschungen über die ,Anzeigesprache' (natürlich ohne notwendigerweise mit den Leuten zu chatten!). Seit einiger Zeit aber bin ich auch da, weil ich irgendwie dadurch versuche, ein neues Leben zu starten, seitdem ich vor zwei Jahren meine deutsche Lebensgefährtin (46 und 186) bei einem Autounfall verloren habe. Mein Name ist Rocco: ich bin (ein ganz echter!) Italiener und wohne seit einigen Monaten in Straubing, ganz nahe der Isar. Ich bin

in Italien Professor (für Alt-germanische Sprachen), aber jetzt darf ich 2 Jahre in Deutschland weiter forschen. Gestehen soll man jedoch, dass ich Deine Sprache sowie die Kultur und die Menschen, die da wohnen, so sehr mag, dass ich vermute, ich werde immer in Deutschland bleiben (natürlich, ohne auf Italien ganz zu verzichten!!!): ich habe mir sogar schon ein paar schöne (so typisch boarische!) Wohnungen angeschaut, die mir sehr gefallen. Auf ein Echo von Dir freue ich mich sehr. Lieben Gruß. Rocco"

Hatten wir das nicht schon einmal. Ich musste laut lachen. Sehr aufmerksam, dachte ich mir. Einfach zwei Monate warten und den gleichen Text nochmal senden. Was dachte sich der Typ eigentlich. Sind wir Frauen zu doof um das zu kapieren? Nein Herr Professor, so nicht. Wahrscheinlich hat er so eine Art Serienbrief erstellt, und der geht an die zig tausend Frauen auf diesem Portal raus. Ich sag nur: *Verpeilt!*

Ein weiterer Dauerkandidat von mir war Rolf. Rolf war bereits über sechzig Jahre alt und im Ruhestand. Er wollte sein Leben genießen und suchte, wie viele seines Alters, eine jüngere Frau.

Rolf gefiel mir nicht besonders gut, aber er war hartnäckig, trotz meiner spärlichen Antworten. Über Monate versuchte er ein Date mit mir zu bekommen, dass ich immer höflich ablehnte. Er schrieb mich an mit Sätzen wie:

"Na, wie lange liegst du schon alleine auf dem Sofa?" oder *"Hättest du vielleicht jetzt mal für mich Zeit"* und *"soll ich kommen und dir bei der Arbeit helfen?" Willst du dich vielleicht heute Morgen mit mir unterhalten?"* Von keinem dieser Sprüche fühlte ich mich animiert eine Unterhaltung zu beginnen.

Mich wunderte, dass er über Monate durchhielt. Gab es keine anderen Frauen auf dem Portal? Wann kapiert ein Mann, dass eine Frau nicht will? Wahrscheinlich halten sich viele für unwiderstehlich.

Zwei Dauerbrenner auf dem Portal, genannt *per Sempre* (ja, für immer und ewig, so soll es sein) und *Johnny* beschäftigten mich auch. Allerdings in negativen Sinne. Beide so um die fünfzig Jahre alt. Johnny war wenigstens so höflich und antwortete nach der dritten Aufforderung, aber ersterer konnte wohl vor Schönheit kaum schreiben. Sie zeigten sich gestylt wie Models, mit Sportwagen und teurem Anzug. Natürlich beides Premiums, die, die immer Nachschub an Frauen brauchen. Die Arroganz der beiden stach sofort ins Auge. Mein Gott wie toll meint ihr denn zu sein? Warum habt ihr es überhaupt nötig auf so einem popligen Portal nach Frauen zu suchen? Was sucht ihr eigentlich? Vollbusige Blondinen und feurige Rothaarige? Oder Frauen, die euch wegen eurer Schönheit anhimmeln? Könnt ihr mit einer Frau in eurem Alter eigentlich was anfangen? Ihr habt mein tiefstes Mitleid, alleine zu sein.

Nach sechs Monaten Chatten, E-Mail schreiben,
Bekanntschaften schließen und Kontakte knüpfen
hatte ich etwas verstanden:
Die Dauermitglieder und Premiums sind keine Männer
für eine feste Beziehung. Getoppt wird das Ganze
noch, wenn da in höherem Alter "ledig". steht. Hier ist
Hopfen und Malz verloren. Lieber nehme ich einen
der fünfmal verheiratet war, als einen Fünfzigjährigen
der nie verheiratet gewesen ist. Der lernt es nicht
mehr. Da muss eine Frau echt aufpassen, wen sie
sich da anlacht, denn diese Männer sind ja auch nicht
grundlos allein.

Mr. Putz

Eine meiner kuriosesten Anfragen für eine Verabredung kam von einem Mittdreißiger, nennen wir ihn mal Mr. Putz. Seinen Namen habe ich vergessen, denn diesen Schriftverkehr wollte ich sofort löschen. Er schrieb mich eigentlich ganz normal an und bat um ein Kennenlernen. Von seinem Profil her war er mir deutlich zu jung. Ich antwortete höflich aber bestimmt, dass es keinen Sinn macht sich zu treffen, da ich eine Partnerschaft mit ihm aufgrund seines jugendlichen Alters für sehr unwahrscheinlich hielt. Doch Mr. Putz ließ nicht von mir ab. Er fragte, ob er mich vielleicht zu Hause besuchen dürfte. Einigermaßen überrascht lehnte ich selbstverständlich ab, fragte ihn aber noch, warum er zu mir kommen wollte. Gleichzeitig konfrontierte ich ihn mit meinem Verdacht, dass er sowieso nur Sex von mir haben wollte. Er verneinte meine Annahme und bat erneut um eine Besuchserlaubnis. Ich hakte nochmals bei ihm nach, er solle mir doch endlich sagen, warum er zu mir kommen wollte. Nun rückte er endlich mit der Sprache raus und bot mir an, er würde bei mir putzen wollen. „Putzen?" fragte ich. „Wieso putzen? Ich putze mein Haus selber."

Er bettelte förmlich mit den Worten: „Bitte, bitte, gib mir eine Chance, lass mich bei dir putzen. Ich putze nackt, weißt du?" Ich möchte unbedingt einer Dame dienen.

Ich wusste nichts. Musste aber laut lachen. Was für ein irrer Typ war das denn?

Ich schrieb: „Aha, doch Sex. Nackt zu putzen geht doch eindeutig in die sexuelle Richtung".

„Nein", verteidigte er sich. „Ich fasse dich nicht an, wenn du es nicht willst. Aber du darfst mich anfassen.

Und ich möchte dir dienen, indem ich genau das mache, was Du von mir verlangst. Gib mir Befehle und ich führe sie aus. Der Diener darf aber die Dame nur mit ihrer Genehmigung anfassen, nur wenn sie es verlangt."

Oh mein Gott. Ich lachte wieder. Die Vorstellung, dass ein nackter Mann mit seinem „Staubwedel" durchs Haus läuft und mir die Zimmer putzt hätte mir besonders dann gefallen, wenn gerade mein untreuer Ehemann von seiner Bordelltour nach Hause kam. Dann würde er sehen, dass ich es mir ebenso gutgehen ließ. Nein Danke!

Welche Sexphantasien sich hier auftaten. Unglaublich, was für Kerle sich auf diesem Portal tummelten. Damit hatte ich hier echt nicht gerechnet. Sollte aber später noch mehr schräge Angebote zu diesem Thema bekommen.

Ich sagte ihm, dass wir den Chat jetzt beenden sollten und wünschte ihm, wie so vielen vor ihm, alles Gute und viel Erfolg für seine weitere Suche.

Doch die Bettelmails hören nicht auf. Er flehte mich mehrmals täglich an, ihm doch wenigstens einmal die Chance zugeben es ausprobieren zu dürfen. Er möchte nichts weiter, als einer Dame dienen. Er wiederholte seine Bitte unzählige Male und so blieb mir nichts anderes mehr übrig, als ihn endgültig zu sperren. Dann war Ruhe.

Im Großen und Ganzen wäre so ein Mann ja nicht schlecht, der im Haushalt mit anpacken kann. Aber dieser Typ hatte eben einfach nur ein Rad ab. Am Ende tat er mir sogar etwas leid.

Frauen aufgepasst, wen ihr euch da anlacht.

Der käme sogar kostenlos zu euch nach Hause.

ARMSOPENWIDE

Der hatte nicht nur die Arme weit offen. Vor dieser Gattung Mann ist zu warnen. Unverschämt und arrogant. Auch er bräuchte eher eine Mitgliedschaft im Puff als auf einem Portal, wo ehrliche Partnerschaften zustande kommen sollten.

Ein weiterer Traummann, so dachte ich, meldete sich Ende des Jahres mit einem freundlichen Gruß aus der näheren Umgebung. Ich besuchte sein Profil und war positiv überrascht. Seinen richtigen Namen gab er zuerst nicht preis, aber von der Beschreibung her passte alles soweit ganz gut zu dem Typ Mann, den ich suchte. Die Fotos von ihm waren so lala, aber was sagt schon ein Bild über einen Menschen aus. Mir gefiel, dass er Anfang fünfzig und bereits geschieden war, einen Sohn und eine Tochter hatte, als leitender Angestellter bei einer Bank arbeitete, zudem groß, schlank, sportlich und bereit für eine neue Beziehung war. Das ist nicht selbstverständlich, denn manch einer möchte nach einer Trennung einfach nur ein wenig spielen. Er hörte sich einigermaßen seriös an. Ich erwiderte seinen Gruß und war auch nicht abgeneigt, als er mich nach meiner Mobiltelefonnummer fragte. Das war ja allgemein üblich, dass man per WhatsApp weiter in Kontakt blieb. Sogleich antwortete er mir auf mit folgenden dreizehn Nachrichten, davon elf Bilder, die ihn in voller Größe, ganz nah und sogar mit Hund zeigten. Er schrieb:
„Schönen guten Morgen liebe Soulsista,
vielen Dank für Dein Vertrauen, es freut mich wirklich sehr Deine "Bekanntschaft" zu machen...?
Schicke Dir schon mal ganz liebe Grüße in deinen

Tag. Joachim. Anbei noch ein paar Impressionen von mir, leider meist mit sunglasses und etwas ernstem Gesichtsausdruck...gehe aber zum Lachen definitiv nicht in den Keller...aber die allermeisten kennst Du ja bereits."

Jetzt wusste ich sogar noch seinen Vornamen und wie gesagt, alles gefiel mir soweit ganz gut und ich machte mir Hoffnung auf mehr Details. Wenngleich es für den Anfang ein wenig zu viele Bilder waren, aber je mehr Informationen, umso besser. Er forderte nun von mir auch noch mehr Fotos, um sich ein Gesamtbild machen zu können und sparte dabei seinerseits nicht mit Komplimenten, als er sie bekam. Er bezeichnete mich als attraktives weibliches Wesen und schickte gleich noch ein Foto mit nacktem Oberkörper dazu. Was wollte er mir nun damit zeigen? Sollte ich sehen, dass er ein Spargeltarzan war? Muskeln konnte ich nicht entdecken. Oder meinte er seine Tattoos auf der Schulter? Beides beeindruckte mich wenig. Die weiteren Fotos empfand ich sogar ein wenig aufdringlich. Doch auf das Äußere kommt es ja nicht an sagte ich mir, und chattete munter weiter. Er erzählte, dass er den Silvesterabend mit seinem Sohn verbringe. Das gefiel mir wiederum, denn er schien ein Familienmensch zu sein.

Der Kontakt vertiefte sich Anfang des Jahres und ein Treffen war von beiden Seiten gewünscht. Ich machte einen Vorschlag, den er sich überlegen wollte. Nach ein paar Tagen und vielen Nachrichten hin und her, stand unser geplantes Date unmittelbar bevor. Als ich einen Tag vor unserer Verabredung noch einmal nachhakte, ob es dabei bliebe, meinte er nur, dass seine Tochter überraschend zu Besuch käme und er

keine Zeit hätte. Ich hatte Verständnis und antwortete ihm: *„Klar, Familie geht vor."*
Die weiteren Chats schlugen allerdings von nun an eine andere Richtung ein. Er schickte plötzlich Bilder, auf denen schemenhaft zu sehen war, wie ein Paar miteinander Sex hatte. Seine Fragen steuerten in Richtung Beschreibung meines Körpers und schlussendlich meinte er, wenn ich ihm gefalle wolle er mehr als einmal Sex mit mir haben. Das war bisher nicht unser Thema gewesen und ich zeigte mich überrascht. Doch von nun an, ging es nur noch um dieses Thema, bis er sogar ein Foto mit einem Ausschnitt von seinem besten Stück schickte. Das war mir eindeutig zu viel! Was erlaubte er sich da eigentlich? Interessierte mich ein Bild von seinem Pimmel? Nein! Ich sagte ihm, dass ich derartige Fotos von ihm nicht haben wollte. Dann war eine Weile Funkstille.

Warum hat er unser Date verpasst? Wollte er nur ein wenig Sex Chat zum heiß machen, um dann beim Treffen gleich zur Sache zu kommen? Als ich ihm zu verstehen gab, dass mir diese Art und Weise zu direkt war, wollte er den Kontakt abbrechen. Ich war überrascht. So hatte unser Gespräch vor Tagen doch nicht begonnen. Feigling, dachte ich, sag doch gleich, wenn du nur auf Sex aus bist.

Ich zog mich ein paar Tage zurück und wartete ab. Eines schönen Sonntages schrieb er schon sehr früh am Morgen, nackt aus dem Bett, wie er mir erzählte. Wieder untermalt mit eindeutigen Bildern, diesmal von irgendwelchen Kleintieren, die sich gerade vergnügten. Ich erzählte ihm von meinem untreuen Ehemann, als er dies mit den Worten: *„Er vögelt gerade eine andere",* kommentierte.

Jetzt schlug also auch seine Ausdrucksweise um,
in eine Tonart, die ich nicht bevorzugte.

Der Sonntag lief so dahin, und am Abend schickte
ich eine letzte Nachricht um mich für diesen Tag
sozusagen abzumelden:
*„Muss mich jetzt anziehen für ein Date mit einem
Freund. Er will mich nicht flachlegen. Nur ein Bier trinken gehen".*
Seine Reaktion war wie folgt:
„Fick dich doch ganz einfach mal selbst......"
gefolgt von einem lachenden Smiley.
Ich fand das ganz und gar nicht zum Lachen und
sofort sperrte ich diesen Sex suchenden, niveaulosen
Banker. Für mich zeigte sich deutlich sein Charakter
und was mich wohl später noch mit ihm erwartet hätte. Mir reichte es. Sein anfängliches freundliches Wesen hatte sich gewandelt, warum auch immer. Er war
wohl zu ungeduldig, zur Sache kommen zu können.
Doch wer hatte das Date abgesagt? Selbst wenn das
mit der Tochter stimmte, hätte man dies ja nachholen
können. Aber es lag entweder zu viel Schnee auf der
Straße, oder der Sohn war zugegen. Der Typ sucht
heute noch, einige Monate später. Noch oder wieder
neu? Wahrscheinlich dauernd.
Wenn er sein Verhalten und seine Erwartungen
nicht ändert wird er wohl noch lange auf der Suche
sein. Seine Frau wird wissen, warum sie sich von ihm
getrennt hat und sogar in eine andere Stadt gezogen
ist. Ich bin froh, ihn nie getroffen zu haben.

Gabriel Fabrini

An einem Spätnachmittag, als ich wieder mal auf dem Portal unterwegs war um zu schauen was „mein" Alex so treibt, erreichte mich eine Nachricht in französischer Sprache. Dies war nicht sehr verwunderlich, denn in meinem Profil stand geschrieben, dass ich mehrere Fremdsprachen beherrschte. Ein Mann namens Gabriel schickte mir seine Grüße. Sein Profilbild war sympathisch und ich dachte mir, den schaue ich mir genauer an. Neugierig suchte ich sein Profil. Er war italienischer Staatsbürger, in meinem Alter, geschieden, hatte eine Tochter und zu meiner Freude war er auch ziemlich groß und sah blendend aus. Die Bilder sprachen für ihn. Ich dachte mir, mit ihm könnte ich ja mal ein wenig unterhalten. Ein kleines Sprachtraining konnte auch nicht schaden. Ich antwortete ihm auf Italienisch, denn wenn er Italiener war, müsste er diese Sprache ja besser verstehen. Und mir war Italienisch auch geläufiger als Französisch. Das hatte ich zuletzt aktiv in der Schule gelernt. Seine Antwort in italienischer Sprache war spärlich und er bat darum auf Französisch weiterzuschreiben und dies am besten nicht mehr auf dem Portal, sondern ab sofort per WhatsApp.

In der nächsten Nachricht an mich, folgten dann seine Mobiltelefonnummer und seine E-Mailadresse.
Mir war das egal wo und wie wir uns weiter unterhielten und ich antwortete per WhatsApp sogleich mit der Frage, wie er denn Italiener sein konnte, und die Sprache nur schlecht beherrschte.
Seine Erklärung klang simpel und glaubhaft wie folgt:
„Mein Vater ist Italiener, meine Mutter ist Französin. Wir haben aber immer in Frankreich gelebt. Vor fünf-

zehn Jahren sind beide bei einem Autounfall ums Le-
ben gekommen. Ich vermisse sie so sehr."
In seinem Profil stand jedoch, dass er in München
lebte und ich stellte erneut meine Fragen an ihn.
„Ja", begann er, *„ich habe ein Bauunternehmen in*
Paris und eröffne nun gerade ein weiteres Büro in
München."
Interessiert fragte ich weiter, was er denn so baue.
„Gebäude in Entwicklungsländern" kam prompt die
Antwort.
Zwischendurch schickte er mir wunderschöne Bilder
von sich und seiner Tochter. Sah alles sehr gut aus.
Zu gut, wie sich später herausstellte. Unsere Chats
begannen auch hier bereits um fünf Uhr morgens und
endeten spät abends.
Gabriel Fabrini, ein wohlklingender Name, ein gutaus-
sehender Mann mit toller Ausstrahlung; zumindest auf
den Bildern. Er erzählte weiter, dass er geschieden
sei und seine Ex-Frau nun mit seinem Geschäftspartner zusammen sein würde und nannte dies auch
den Grund für das Weggehen aus Paris. Allerdings
müsste er jedes Wochenende hinfliegen, um seine
zwölfjährige Tochter zu sehen, die er sehr vermisse.
Ich fragte, warum ein Mann wie er, ein Portal nötig
habe, um die Frau fürs Leben zu finden, da entgegnete er sogleich, dass die Frauen aus seinem Umfeld
nur hinter seinem Geld her wären. Diese Aussage ließ
mich aufhorchen und ich loggte mich noch einmal auf
dem Portal ein, um mir sein Profil etwas genauer an-
zuschauen. Nicht weil ich geldgierig war, sondern weil
alles etwas zu märchenhaft klang. Doch was musste
ich feststellen? Sein Profil wurde vom Betreiber der
Plattform als unseriös gelöscht. Aha. Sofort konfrontierte ich ihn mit dieser Tatsache, doch eine Erklärung
seinerseits ließ nicht lange auf sich warten:

„Ja, da war eine Frau, die mich belästigt hat. Solche Avancen dulde ich nicht. Daraufhin hat sie mich dem Portal als unseriös gemeldet und die haben mich dann gesperrt."

Diese Erklärung machte mich äußerst misstrauisch, aber dennoch war ich neugierig. Wer steckte hinter diesem Profil?

Ich ließ die Angelegenheit nicht auf sich beruhen und setzte mich mit dem Portal in Verbindung. Nach kurzer Zeit erhielt ich eine eher pauschale Erklärung, nämlich, dass solche Profile immer nach dem gleichen Schema vorgehen:

Freundliche Worte, private Daten und schöne Bilder. Es würde nie ein Treffen stattfinden, sondern nach einiger Zeit, wenn genügend Vertrauen aufgebaut ist, Geld verlangt werde.

Ich war gewarnt und wollte ihm auf die Schliche kommen. Daher gab ich mich weiterhin interessiert und machte sein Spiel mit. Vielleicht war er ja doch kein Betrüger? Hatte dieser Mann eventuell Probleme mit seiner Firma. Oder gab es die Firma gar nicht. Ich betrachtete mir erneut seine Bilder, die ganz und gar nicht für wenig Geld sprachen. Auf allen Fotos war er stets gut gekleidet. Mit Jackett und Einstecktuch oder Mantel mit Schal oder teurer Lederjacke. Eines seiner Bilder zeigte ihn an einem modernen Schreibtisch sitzend, darauf ein teurer Computer und daneben lagen sein Geldbeutel und seine Aktentasche von den exklusivsten Designern weltweit. Er trug keinen Ehering, aber einen Siegelring. Seine Hände waren sehr gepflegt. Die Haare etwas länger und ebenso gepflegt. Sein schönes, männliches Gesicht war zum Teil verdeckt durch einen Bart. Er wirkte sehr elegant und sah wie ein Geschäftsmann aus. Ein anderes Bild zeigte ihn mit seiner Tochter. Er hielt sie im Arm und sie war ihm wie aus dem Gesicht geschnitten. Er trank wohl gerne Espresso, denn so war es zumindest auf den Bildern zu sehen. Ein weiteres Bild zeigte ihn am Hafen vor einer Yacht, ein anderes, in einem eleganten Mercedes sitzend. Er schickte auch ein schönes Foto, auf welchem eine Rechnung vom Brunch auf der La Rambla, Barcelonas teuerster Straße, zu sehen war. Also Geld musste er zumindest haben.

Ziemlich viele Luxusgüter waren auf den Fotos zu sehen und meinen Sohn machte das stutzig, als ich ihm von Gabriel erzählte. Er war sich ganz sicher, dass mir nicht der Mann auf den Fotos schrieb. Doch wer dann? Ich las die Texte noch einmal durch und obwohl mein Französisch nicht perfekt war, entdeckte ich bei ihm viele grammatikalische Fehler. Ich wurde immer misstrauischer. Ein Treffen musste nun organisiert werden, um Gewissheit zu bekommen, wer mir da seine Geschichte erzählte.

Ich versuchte es per Videochat, aber das wollte er nicht. Mir war das dann aber auch ganz recht, denn abends auf der Couch sah ich nicht mehr ganz so frisch aus. Also wartete ich noch eine Weile ab und schlug vor nach München zu kommen, um ihn zu treffen. Ihm schien die Idee zu gefallen. Er nannte mir vorerst nur die Adresse seines Büros, welches sich natürlich, in bester Lage in Münchens Altstadt befand. Er meinte, dass er sich sehr freue, mich zu sehen. Immer noch skeptisch verabredeten wir uns auf kommenden Samstag. Ich wollte den Besuch bei ihm tagsüber mit einem Besuch im Möbelgeschäft kombinieren, denn eine Übernachtung, bei einem Treffen am Abend, kam beim ersten Mal nicht für mich in Frage. Erst nach Möbeln suchen, dann Gabriel treffen. So stellte ich mir den Samstag vor. Am Freitagmorgen in aller Herrgottsfrühe kam eine Nachricht, dass er dringend nach Paris fliegen müsste und vor Sonntag nicht zurück sei.

„Aha, wieder ein feiges Ausweichen?" sagte ich laut, *„was ist nur mit den Männern heutzutage los? Alles Feiglinge?"*

Mein Sohn zwinkerte mir zu und meinte *"Siehst du Mama, da ist was faul".*

Ich wartete auf Sonntagabend, bis mein italienischer Franzose wieder von seinem Kurztrip zurück war. Doch mein Misstrauen wuchs stetig weiter. Seine spärlichen Erklärungsversuche ließen zu viele Fragen offen. Zwischendurch schickte er mir zwar erneut Bilder, die ihn mit seiner Tochter beim Essen zeigten, doch ob er wirklich in Paris war, ließ sich nicht feststellen. Eigentlich schien alles ganz normal. Eigentlich. Etwas war faul an der ganzen Sache.

Sonntagabend kam dann die Nachricht, dass er endlich zurück in München sei und mich am Wochenende vermisst hätte. Ich glaubte ihm aber nicht mehr. Er versprach mich eines Tages übers Wochenende einmal mit zu nehmen. Ich ging nicht weiter darauf ein, sondern gab vor, zu müde für ein längeres Gespräch zu sein. So wünschte ich ihm nur noch eine gute Nacht und zog mich bis Montagmorgen zurück. Es war Feiertag und ich hatte Zeit ihn nun gründlich unter die Lupe zu nehmen.

Wie jeden Morgen, war er der erste, der schrieb und ich war bereit ihm etwas mehr auf den Zahn zu fühlen. Ich säuselte ihm etwas Liebesgeflüster ins virtuelle Ohr und bat um ein erneutes Treffen, nachdem nun ja das vergangene Wochenende für uns ins Wasser gefallen war. Da kam er mit einer neuen abenteuerlichen Geschichte an:

„Ich muss für drei Wochen nach Burkina Faso. Meine Firma hat einen Auftrag bekommen", begann er: *„Ich warte nur noch bis die Gelder da sind."*
„Oh, sagte ich, *„nach Ouagadougou?"*
Zufällig kannte ich die Hauptstadt dieses Landes und konnte somit mein Interesse für diese Gegend zeigen, was ihn etwas verwunderte.
Er verneinte und erklärte mir, dass eine Straße in Bobo Dioulasso gebaut werden müsste. Eine fünfzehn Kilometer lange Strecke, die zwei Städte miteinander verbinden sollte. Ich fragte, ob es sichere Hotels dort gäbe und er meinte, die Auftraggeber würden ihn privat unterbringen. Das erschien mir sehr unglaubwürdig. Er erzählte mehr, doch ich hatte vom weiteren Verlauf des Bauvorhabens und der Landschaft, die er mir beschrieb keine Ahnung, bekundete aber weiterhin mein Interesse, um an Informationen zu kommen. In den folgenden Nachrichten an ihn, zeigte ich mich begeistert vom fernen Afrika und seinen Menschen, und meiner Absicht beides gerne näher kennenlernen zu wollen. Ihm gefiel das und er erwähnte so ganz nebenbei, dass afrikanische Männer, Frauen mit weißer Haut besonders mögen.

Nun klingelten in mir alle meine Alarmglocken laut. Jetzt hatte ich ihn. Alles passte in das Bild, welches ich nun von ihm hatte. Ich war mir zu hundert Prozent sicher, dass er ein Schwarzafrikaner war, wo immer er auch saß in dieser Welt. Daher auch sein schlechtes Italienisch und sein grammatikalisch fehlerhaftes Französisch. Er suchte eine Frau mit weißer Haut und womöglich noch mit Geld. Es ging wieder mal nur um Sex. Um Frauen zu erreichen schickte er geklaute Bilder mit Männern darauf, die gutaussehend und offensichtlich auch reich waren.

Nachdem er immer mehr ins Schwärmen über das Land Burkina Faso kam, war er meines Erachtens reif, ihm die schonungslose Wahrheit virtuell auf das Gesicht zuzusagen. Ohne große Umschweife formulierte ich meine Worte und sendete die Nachricht. Schluss mit lustig. Ich schrieb:

„Ja, ich glaube Dir, dass Du eine Straße bauen musst. Aber du bist nicht der Bauherr, sondern der, der den Dreck wegschaufelt. Du bist ein Lügner!".

Es dauerte eine kurze Schrecksekunde und dann kam ein einfaches *„Oui".* Ohne große Erklärung sagte er einfach *„Ja".*

Er war enttarnt. Ich war nicht besonders überrascht, aber enttäuscht. Er erklärte mir, dass er sich in meine Bilder verliebt hätte und mich unbedingt sehen wollte. Sogleich folgte sein Foto. Diesmal war es wohl echt. Ich traute meinen Augen kaum. Ein halbwüchsiges Bürschchen mit schmachtendem Blick auf einem Bett liegend. Er trug ein Shirt und eine Stoffhose mit afrikanischen Symbolen. Das war nun meine letzte Bestätigung.

Ich versicherte ihm ärgerlich, dass ich mich auch verliebt hatte, aber in den Mann auf den Bildern und sicher nicht in ihn, und wollte nun wissen, wer der Mann eigentlich ist. Gabriel, oder wie immer dieser Mensch auch hieß, beteuerte, dass er die Bilder einfach vom Internet heruntergeladen hatte und ihn nicht näher kenne. Ich forderte ihn auf, mir die Seite zu nennen und er gab mir einen Hinweis. Dieser stellte sich aber als falsch heraus. Ich wollte ihn nicht gleich sperren, um noch mehr aus ihm herauszubekommen, doch er bombardierte mich derweil mit großen Liebeserklärungen. Dann machte ich dicht. Es reichte mir jetzt auch.

Tja, da wäre nun endlich wieder ein Mann gewesen, der gut aussah, mir gefiel und frei gewesen wäre. Doch alles war gefälscht. Ein komplettes Fake-Profil also.
Auch sowas findet man oft auf den Portalen. Leider.

Ich machte mich im Netz auf die Suche nach dem Mann auf den Fotos. Keine Chance, ich fand nichts über ihn heraus. Schade. Zu gern hätte ich ihn informiert, was mit den Bildern von ihm und seiner Tochter für Betrügereien getrieben wurden. Und wer weiß, das hätte auch der Anfang einer großen Liebe sein können.
„Träum' weiter Soulsista", sagte ich laut zu mir und schloss dieses Thema auch ab.

„KOMM, GEH FORT"

So widersprüchlich diese Überschrift klingt, so widersprüchlich war auch der Mann, um den es hier geht. Von wegen, Frauen wissen nicht, was sie wollen.

An einem lauen Abend im Juli, lag ich wieder mal gemütlich auf der Couch, eingeloggt auf dem Portal, und hörte nebenbei Musik. Als ich nichts Großes mehr erwartet hatte, erreichte mich ein "Lächeln" aus Gießen. Dies ist ja meist der Anfang einer zarten Sympathiebekundung, wenn man nicht gleich mit der Tür ins Haus fallen wollte, um nach gewissen Vorlieben zu fragen.

Gießen lag zwar nicht um die Ecke, doch ich "lächelte" zurück und schaute mir dabei sein Profil an. Es klang seriös und vielversprechend, ein wenig geheimnisvoll, und der folgende Text, weckte nun mein Interesse: *„Diamant sucht Diamantin zum gemeinsamen Funkeln. Du weißt was Du willst und bist Dir für oberflächliche Spielereien zu schade? Du bist ernsthaft auf der Suche nach einem Partner und nicht in die Suche selbst verliebt?" Und wenn Dir darüber hinaus noch Stil und Niveau wichtig sind, dann würde ich Dich gerne kennenlernen und freue mich auf eine Nachricht von Dir."*

„Wow", sagte ich zu mir selber und war angetan, endlich doch noch jemanden zu treffen, der verstanden hatte um was es geht. Er sprach mir aus der Seele. Keine Spielchen, einer mit Stil und Niveau, groß, athletisch und auch noch einigermaßen gutaussehend. Vielleicht kommt das Beste ja noch?

Prompt bekam ich nun eine E-Mail als Antwort auf mein erwidertes Lächeln. Dietmar, so sein Name, zeigte sich interessiert an meiner Person und wir

tauschten unsere E-Mailadressen aus, wie das eben
so üblich war. Langes Schreiben war aber nicht in
seinem Sinne, denn der "virtuelle Krabbeltisch", wie er
das Portal scherzhaft nannte, war ihm zu wenig infor-
mativ. Er gab mir daraufhin seine Telefonnummer und
meinte eine Stimme sage mehr als tausend Worte.
Nun, anscheinend hatte er Redebedarf oder wollte
eben nicht nur schreiben. Mir ging das ein wenig zu
schnell, und ich speicherte seine Nummer erst einmal
auf meinem Telefon ab. Zwei Tage ließ ich ins Land
gehen, als die Neugier und die Langeweile mich zum
Hörer greifen ließen.
Es war Samstagvormittag und ich wollte mal sehen,
ob er da schon ansprechbar war. Meistens gingen die
Jungs ja am Abend auf die Pirsch, wenn noch andere
Sehnsüchte als Smalltalk im wahrsten Sinn des Wortes hochkamen.
Er meldete sich nur mit einem skeptischen *"Hallo"*
und klang aber dann doch erfreut mich am anderen
Ende zu hören. Erfreut sagte er mir, dass er eigentlich
nicht mehr mit meinem Anruf gerechnet hätte.
Aha, ungeduldig war der Knabe also auch noch. Wir
beschnupperten uns stimmlich etwa eine Stunde und
beschlossen in Kontakt zu bleiben. Dietmar wirkte
sehr beruhigend auf mich, fast väterlich. Sein Tonfall
war weich, beherrscht, aber immer mit einer großen
Portion Humor behaftet. Es machte wirklich Freude
sich mit ihm zu unterhalten. Er gab sich weltgewandt,
gebildet und offen. Doch am meisten liebte ich seinen
Humor. Unser Lieblingssatz war "komm, geh fort", und
war von nun an, in jedem unserer Telefongespräche
enthalten. So sagt's halt der Hesse.

Bereits am Abend kam eine sehr nette SMS von ihm,
mit der Frage ob er mich am nächsten Tag anrufen

dürfe. Dietmar hatte so eine ganz besondere Art sich auszudrücken. Ich las und hörte sehr gerne von ihm. So kam es, dass wir täglich bis zu dreieinhalb Stunden telefonierten. Nach etwa drei Tagen bat er um ein Treffen. Auch bei diesem Thema schien er ein ungeduldiger Kandidat zu sein, wie einige andere Herren auch. Er wollte seine Zeit nicht mit Schreiben oder häufigen Telefonanrufen verschwenden. Aufgrund der Entfernung war dies jedoch nicht so Hoppla Hopp zu machen und wir verabredeten und für das übernächste Wochenende in Würzburg. Das war so für jeden die Hälfte der Strecke.

Bis es soweit war, liefen unsere langen Telefonate unvermindert weiter. Wir redeten über Politik und Wirtschaft, über Familie und ganz normale Dinge des Lebens, die in einen Tagesablauf gehörten. Meiner war von nun an sehr bestimmt. Ich war schon um halb sieben abends „bettfertig", also ausgezogen, Zähne geputzt und so weiter, denn wenn wir telefonierten wurde es immer sehr spät abends, ja sogar fast Mitternacht. Ich schlief wenig in den darauffolgenden Nächten, denn Dietmar wollte keinen Tag auslassen um mit mir zu telefonieren. Ja, sogar schon morgens um neun Uhr konnte er am Wochenende überraschenderweise in der Leitung sein. War das eine Art Kontrolle, fragte ich mich? Oder war er wirklich so sehr an meiner Person interessiert, dass er zweimal am Tag anrufen musste? Wenn ich etwas vorhatte rief er an, um mich ans Gehen zu erinnern. Mir erschien dieser Punkt ein wenig seltsam, doch ich dachte nicht lange darüber nach und genoss trotz des leicht unsicheren Gefühls seine Aufmerksamkeit. Seine Wortwahl haute mich immer wieder um. Über Stil und Niveau schien er zu verfügen. Aber obwohl wir sehr viel miteinander telefonierten, blieb er rätselhaft. Ich versuchte mehr über ihn zu erfahren. Er war nicht in den üblichen sozialen Netzwerken unterwegs, hatte kein Smartphone, ja nicht einmal seinen Nachnamen gab er preis. Nun, Datenschutz hat ja auch was für sich. Oder wollte er einfach nicht erkannt werden? Ich forschte weiter. Die Telefonnummernrückwärtssuche ergab auch keinen Hinweis, mit wem ich es hier zu tun hatte. Auf Nachfragen meiner Familie und Freunde konnte ich keine Antwort zu seiner Person geben. Da blieb nur das Treffen mit ihm.

Aufmerksam wie er war, hatte er schon Pläne für diesen Tag gemacht. Er schlug eine Wanderung von etwa neun Kilometer vor. Als Wanderfreund und Naturliebhaber für ihn keine große Sache. Aber für jemanden wie mich, der nicht einmal die passenden Schuhe dafür besitzt, ein Unding. Und schon gab es die erste Unstimmigkeit zwischen uns. Er zeigte sich, wenn auch nicht zu deutlich, enttäuscht. Seine Stimme veränderte sich, das Telefonat war kürzer als sonst. Nun, Schuhe hätte ich mir ja noch kaufen können, aber wollte ich mit einem Unbekannten so allein durch Wald und Flur laufen? Nein! Sicher nicht. Freunde und Familie mahnten zur Vorsicht. Man weiß ja nie, wen man da im Netz so alles aufgabelt. Und körperlich wäre er mir ohnehin überlegen gewesen, da er größer war als ich und sicher, aufgrund seines Sports, den er täglich machte, mehr Muskeln hatte. Also sagte ich „Nein" zum Wandern und machte einen Gegenvorschlag. Zum Glück gefiel ihm der, so versicherte er es mir zumindest und wir verabredeten uns zur Burgbesteigung und Besichtigung gegen zwölf Uhr mittags am besagten Wochenende.

Dietmar studierte derweil die Parkmöglichkeiten vor Ort, Führungen an der Burg und so weiter. Er war ein perfekter Organisator.

Das waren in meiner Ehe immer meine Aufgaben gewesen, doch ich freute mich, dass dies nun auch mal der Mann machte und vertraute auf seine Führung. Mein neuer Bekannter wusste schon, wie er bei mir punkten konnte.

Bis zu unserem Rendezvous telefonierten wir in üblicher Manier weiter. Was hatte ich eigentlich vorher die ganzen Abende gemacht? Der Fernseher blieb aus, das Telefon war dauerhaft belegt und die Diät funktionierte bestens, weil ich ja den ganzen Abend nichts mehr essen konnte. Essen und reden passte nicht. Uns gingen die Themen nicht aus. Ein Mann der reden konnte. Wo gibt's denn das noch? Meistens redeten doch Männer kaum, außer sie waren betrunken. Und dann kam eh nur Mist aus ihnen raus. So meine Erfahrung. Mit Dietmar war das anders. Das machte ihn für mich sehr besonders und ließ mich kleine Unsicherheiten in seinem Verhalten fast vergessen. Ich fragte ihn auch, was er bevor er mich kannte, abends immer machte, da sagte er: *„Ich habe nicht gelebt".* Diesen Satz hörte ich schon einmal, vor sehr langer Zeit. Von Johann. Wie auch immer das zu interpretieren war.

Ich stellte mir selber ein paar Fragen. War er nur ein Sprücheklopfer, oder der Einsamkeit alleine zu Hause müde? War das seine Masche Frauen ins Bett zu locken? Er erzählte, er habe eine Tochter und Eltern, doch in seiner Wohnung lebte er allein. Seinen Job machte er von zu Hause aus und außer ein bis zwei Spaziergängen am Tag, die er mit Essen gehen verband, kam er wohl nicht unter Menschen. Waren ihm deshalb unsere langen Telefonate so wichtig? Er ging nie unter die Gürtellinie und war immer sehr anständig in seinen Worten. Ich freute mich wirklich schon sehr, ihn zu treffen und die Neugier überwog die Angst vor dem Unbekannten. Sollte Mr. Right tatsächlich in dreihundert Kilometer Entfernung wohnen? Bald würde ich es wissen.

Die Autobahn war frei an jenem Samstag im Juli und ich kam gut voran. Dreißig Kilometer vor dem Ziel stoppte ich noch an einer Autobahnraststätte, damit ich unser Date nicht mit einem Toilettengang beginnen musste. Sonst denkt er womöglich noch, ich habe schon Blasenschwäche in meinem Alter. Pünktlich erreichte ich dann das Ortsschild, doch im weiteren Verlauf der Strecke ließ mein Navigationsgerät mich im Stich. Ich hatte keine Ahnung, wo oder welche Straße ich nun entlang fahren sollte.

Ich wählte Dietmars Nummer um meine Verspätung anzukündigen. Er erklärte freudig, dass er bereits da wäre und beschrieb mir, wie ich nun am besten ans Ziel gelangen könnte, und gleichzeitig versprach er mir einen schattigen Parkplatz frei zu halten. Nach etwa fünfzehn minütiger Fahrt durch Wohngebiete und Seitenstraßen, hatte ich es dann schließlich geschafft und bog in die richtige Straße ein. Da sah ich ihn schon winkend stehen, mir meinen Parkplatz zuweisend. Ich denke er war es gewöhnt die Richtung vorzugeben, egal wo. Beruflich und privat. Dies spürte ich ab und an bei unseren ausgedehnten Telefonaten, obwohl er auch immer wieder mit meiner Entschlusskraft konfrontiert wurde.
Ich parkte den Wagen, stieg aus und wir umarmten uns zur Begrüßung. Hatte ich ihn mir so vorgestellt? Nein!

Trotz seiner komplett grauen Haare wirkte er vitaler, als es der Klang seiner Stimme herzugeben vermochte. Das war eine positive Überraschung. Er hatte eine gute Figur, die er leider so gar nicht optimal zum Vorschein brachte. Irgendwie war alles zu weit. Die weiße Leinenhose flatterte im Wind, das rot blau karierte Hemd trug er lässig darüber. Womöglich mochte er es legerer, dachte ich mir und phantasierte ein wenig. Er hatte einen knackigen Hintern, soweit ich das sehen konnte, den man sich gut in einer engen Designerjeans hätte vorstellen können, und seine Muskeln am Oberkörper wären in einem eng anliegenden Shirt sicher toll zur Geltung gekommen. Aber er war wohl nicht der Typ dafür, aufzufallen. Ich ermahnte mich, nicht so oberflächlich zu sein. Aber wenn einer schon so eine Traumfigur hat, warum dann nicht zeigen? Frau braucht schließlich auch was zum Anschauen. Aber dazu könnte man ja später noch kommen. In einer anderen Umgebung, an einem anderen Tag, zu einem anderen Anlass. Die Vorfreude stieg.
Doch auch er schaute mich an wie das siebte Weltwunder. Klar, das gehört dazu. Der eine macht es aber mehr der andere eben weniger auffällig. Dietmar machte es schon sehr auffällig. Sollte ich ihm auch noch mein Gebiss zeigen? Ich fühlte mich leicht unbehaglich, denn ich wusste nicht, ob ich seinen Blicken standhalten würde. Eigentlich fühlte ich mich sogleich ausgezogen. Er musterte alles. „Was waren jetzt wohl seine Gedanken?", fragte ich mich. War ich zu dick, du groß, der Hintern zu breit, der Busen zu klein? Ich versuchte die Fragen in seinen Augen zu lesen. Sie strahlten in blau und lächelten sanft. Gleichzeitig kamen mir weitere Fragen in den Sinn: Wer ist das? Was will er? Wonach sucht er? Woher kommt er? Stimmt alles was er mir erzählte? Suchte

er doch nur ein Lustobjekt und konnte dies durch seine Worte geschickt verbergen? Tausend Gedanken schossen in meinen Kopf. Gut, dachte ich, nur nicht allein sein mit ihm, dann kann schon nichts passieren.

Aber er sprach freundlich und vertraut wie immer, und meine leichte Unsicherheit verschwand.
„Es ist Dietmar", sagte ich selber zu mir, *„mein allabendlicher Telefonfreund, der immer sehr beruhigend auf mich wirkte."*

Wir marschierten los in Richtung Burgtor. Die Sonne schien und es stand uns ein herrlicher Tag bevor. Interessiert betraten wir den Burghof und schauten uns erst einmal um, bevor wir eine Führung buchten. Dietmar entdeckte einen Turm, welchen er unbedingt hochklettern wollte. Ich sagte, er solle sich ruhig austoben, mir war allerdings nicht danach zumute, hunderte Stufen hoch zu steigen. Er lachte und machte sich alleine auf den Weg, während es mich auf eine Bank im Schatten zog. Fünf Minuten später winkte er mir von weitem zu, mit der Aufforderung zu ihm zu kommen. Ich dachte, was will er nun? Ich habe keine Lust auf die vielen Treppen im Turm!
Ich lief zu ihm und er zeigte mir das Turminnere. Hochsteigen konnte man gar nicht, aber innen gab es einiges zu sehen. Auch schön, so gefiel mir das schon eher.
Etwa eine halbe Stunde später begann dann unsere Führung um die Burg, anschließend besuchten wir noch das Museum, welches Hauptsächlich aus den ganzen Innenräumen bestand. Wir liefen Seite an Seite, bis Dietmar schließlich aus einem Gespräch heraus meine Hand nahm und sie festhielt. Das war die erste körperliche Annäherung, bis auf die kurze Um-

armung zur Begrüßung und ich ließ es zu. Seine Hand war weich und warm und dennoch fest, und ja, es fühlte sich gut an, mit ihm Hand in Hand das Innere der Burg zu erkunden.

Wir betrachteten die Kunstwerke an der Wand, diskutierten über das eine oder andere Ausstellungsstück, und stellten sehr schnell fest, dass sich unsere Interessen ähnelten. Dietmar war völlig fasziniert von den Stichwaffen. Oh, dachte ich mir, das passt jetzt ja so gar nicht zu seiner sanften Art. Ich fragte ihn scherzhaft, ob er vielleicht vor hätte mich aufzuspießen und Schaschlik aus mir zu machen. Er betonte nur, wie sehr er sämtliche Säbel, Degen und Stichwaffen interessant fände. Ich nahm diese Leidenschaft dann auch nicht weiter ernst und ließ ihm seinen Spaß daran, solange ich mich nicht am Ende des Messers wiederfand. Ich wusste immer noch nicht wer der Typ an meiner Seite war. Doch es fühlte sich nach wie vor nicht schlecht an. So schlenderten wir weiter und genossen den Tag. Nach drei Stunden etwa bekam Dietmar Hunger. Er hatte seit dem Frühstück nichts mehr gegessen. Nach kurzer Überlegung entschieden wir uns dafür, in die Altstadt zu gehen und nach etwas Essbarem zu suchen. Unsere Autos stellten wir im Parkhaus ab und über die Mainbrücke führte der Weg in die Fußgängerzone. Das schöne Wetter lockte viele Menschen vor die Tür und es herrschte eine lockere und heitere Stimmung. Straßenmusiker waren an jeder Ecke zu hören, und bei dem einen oder anderen blieben wir stehen und hörten zu. Wir blickten auf der Brücke zum Fluss hinab und ließen uns dabei keinen Moment los. Dietmar hielt immer fest meine Hand und wenn es sich ergab, schlang er seinen Arm um meine Taille, manchmal wanderten seine Finger ein wenig weiter nach unten, aber es war nie aufdringlich oder

unangenehm. Es fühlte sich alles so wunderbar an. Der Tag, der Moment, die Ausblicke auf das was kommt. Wir harmonierten perfekt miteinander. Aus dem gewohnten „Komm, geh fort", wurde ein „Komm mit". Er sagte es mehrmals an diesem Tag zu mir. Das bestätigte meinen gewonnenen Eindruck. Wir mochten einander und vielleicht war dies der Anfang einer guten Beziehung mit Zukunftsaussichten.
Gegen acht Uhr abends sprach Dietmar davon diesen schönen Tag zu beenden. Jeder von uns hatte noch zwei Stunden Fahrt vor sich. War das nun Rücksicht-nahme seinerseits, damit ich nicht zu spät heimkam, oder hatte er noch was anderes vor, oder hatte er kei-ne Lust mehr? Ich wäre noch geblieben, hätte den Abend noch auskosten wollen, gab mich aber damit zufrieden. Getreu dem Motto, „Wenn es am Schöns-ten ist, soll man gehen".

Zurück am Parkhaus bezahlten wir sogleich unsere Tickets.
Aha kombinierte ich, eine lange Verabschiedung wird es wohl nicht geben, sonst wäre ja das Ticket wieder ungültig geworden. Dietmar begleitete mich zu meinem Wagen und so standen wir uns nun erst ein-mal schweigend gegenüber. Ein spannender Moment. Er zog mich an sich und umarmte mich fest mit den Worten: *„Es war ein sehr schöner Tag".*
Ich nickte und sagte: *„Ja, das finde ich auch. Wir tele-fonieren".*
Er umarmte mich ein zweites Mal und sagte scherz-haft: *„Ich befürchte, ja".* Auf einen Abschiedskuss war-tete ich vergeblich. Da war sie wieder, seine Unnah-barkeit, wie am Telefon, wenn er es vermied seinen vollen Namen zu sagen. Er wollte undurchschaubar bleiben.

Ich löste mich aus seiner Umarmung und stieg mit gemischten, aber immer noch vermehrt guten Gefühlen, in mein Auto. Dietmar lief derweil zu seinem Auto, drehte sich noch zweimal um und stieg dann schließlich auch ein.

Wir fuhren in verschiedene Richtungen los. Die Autobahn war leer und nach entspannter Fahrt war ich wieder zu Hause. Ich erwartete seinen Anruf, mit der Frage, ob ich gut heimgekommen wäre, doch das Telefon klingelte nicht.

Als er sich am darauffolgenden Tag auch nicht meldete, beschloss ich gegen neun Uhr abends ihn anzurufen. Doch niemand nahm den Hörer ab. Er schien unterwegs zu sein. Hatte er doch am Vorabend erwähnt, seine Eltern besuchen zu wollen.

Montag früh um halb acht schrieb er eine Nachricht mit den gewohnt lieben Worten: *„Hier regnet es ununterbrochen... Herbstwetter im Juli! Ein lieber Gedanke von mir scheut das Wetter nicht und macht sich auf den Weg..."*

Schön, dachte ich. Seine Gedanken sind noch bei mir. Doch es fühlte sich irgendwie anders an. Vor unserem Treffen gab es keine derartig langen Gesprächspausen.

Und war das Wetter, das einzige über was man nach einem gemeinsam verbrachten Tag, redete? Nach dem ersten Treffen gibt es kein anderes Thema als den Regen? Komisch.

Am Abend nahm ich erneut den Hörer und wählte seine Nummer.

Mit dem gewohnten *„Hallo"* ging er ans Telefon. Wir redeten über dies und das, aber der Samstag blieb unerwähnt. Überhaupt hatte das Gespräch eine andere Qualität als die Woche zuvor. Alles klang unverbindlicher, belangloser ja fast langweiliger und nach einer Stunde war er bereits müde. Was war nur passiert? Zwei Tage hatte ich nichts gehört und jetzt das. Sein von mir so geliebter Humor war verschwunden. War er vielleicht depressiv? Wir hatten uns doch anders verabschiedet. Er hatte doch meine Hand festgehalten. Sollte ich das falsch interpretiert haben? Ich machte mir meine Gedanken: Das konnte eigentlich nur eines bedeuten: Paralleldates.

Wie immer. Jeder hat vier oder fünf Kandidaten zur Auswahl, gedated wird nebeneinander und danach wird die Auswahl getroffen. Bleiben auf jeder Seite die richtigen Beiden übrig, passt es. Wenn nicht, dann nicht. Eine Sache, die mich bei Dietmar auch sehr ärgerte war, dass er die ganze Zeit während unseres Kontaktes immer wieder auf dem Portal erschien, teilweise stundenlang. Er pflegte also noch Kontakte zu anderen Frauen. Derselbe Mist wie immer. Ich war mir mittlerweile auch sicher, er traf sich neben mir noch mit anderen Frauen um zu sehen, wie sich das anfühlt. Daher auch der fehlende Abschiedskuss. Ich nehme an, dass die Frau, die den Kuss bekommt, die Auserwählte ist.

Am nächsten Tag war wieder Funkstille, am übernächsten kam erneut eine „Wetter-SMS" und ich wagte nochmals einen Vorstoß per Telefon.
Er zeigte sich sehr beschäftigt und hatte wenig Zeit zum Telefonieren.
Er beendete das Gespräch, rief nach kurzer Zeit nochmal zurück, und hatte dann aber wieder keine Zeit länger zu reden. Was war passiert? Hatte er eine andere Frau im Kopf?

Doch er war auch wieder vermehrt auf diesem doofen Portal unterwegs. Also war er weder hier noch da fündig geworden? Konnte er sich emotional überhaupt voll und ganz fallen lassen? Ich versuchte es noch ein letztes Mal mit einer freundlichen SMS, wartete zwei Tage auf eine Reaktion, doch da nichts mehr von seiner Seite kam, wünschte ich auch ihm alles Gute für die Zukunft und viel Erfolg bei der Suche nach seiner Diamantin.

War ich hier wieder auf einen Mann getroffen, der zu feige war eine feste Beziehung einzugehen? Wo lag der Haken? Er zeigte Zuneigung, Interesse und ja, er machte sogar Zukunftspläne mit mir. Was hatte sich von einem auf den anderen Tag verändert? Ich weiß es nicht. Sind denn alle Männer Feiglinge, wenn es um Beziehung geht?

Kurze Zeit später war Dietmars Profil vom Portal verschwunden. Entweder hatte er nun endlich gefunden, wonach er suchte, oder er hat es aufgegeben, weil er in Wirklichkeit sein Leben nicht verändern möchte und gar keine Beziehung mehr sucht.

Hubert, Herbert, Hermann & Kollegen

Ja, das sind sie, die Charmeure, die alten Jungs, die die Frauen auf dem Portal mit ihren Nachrichten umgarnen, ganz nach alter Schule Komplimente machen, aber am Ende doch nur eines im Sinn haben: Sex. Denn oftmals waren sie gebunden, und was sonst sollten sie auch suchen. Frauen können aber manchmal auch naiv sein.

Ich hatte ein paar dieser Nachrichten in meinem Postfach, und meist widerstanden darauf einzugehen. Meistens, aber nicht immer.
„Finger weg von verheirateten" sagte ich mir. Keine Frau sollte das erleben, was ich erlebt habe.

Mit einer klaren An- und Absage, in denen ich den Casanovas empfahl, sich um ihre Ehe und ihre Frauen zu kümmern, anstatt fremdgehen zu wollen, antwortete ich auf ihre Zuschriften. Sie kamen aus allen Schichten. Vom Bauer bis zum Arzt, oft auch schon etwas älter, aber nicht weniger durchtrieben.

Allesamt hatten ein zu großes Selbstbewusstsein und fanden sich selber unwiderstehlich. Einer meiner Helden ließ nicht locker. Nennen wir ihn doch Hermann. Er hatte sogar den Mut, mir ohne Bild zu schreiben und meinte damit bei mir zu punkten, indem er sich ziemlich geheimnisvoll gab. Nun, einige Frauen sind eben von Natur aus auch neugierig. Zu denen gehöre ich wohl auch.
Ich schaute mir zuerst mal sein Profil an. Es klang soweit nicht schlecht, was Aussehen, Freizeitbeschäftigung und Lebensmotto betraf. Eines haute mich allerdings aus den Latschen: Sein Alter. Er war sieben

Jahre älter und stand wohl kurz vor der Rente. Oje, das war nicht das was ich mir vorstellte. War ich doch von seinen Vorgängern verwöhnt, was das Alter betraf. Aber die jüngeren Männer, die ich bisher kennenlernte taugten ja auch nichts, so akzeptierte ich diesen Aspekt einfach mal.

Er schrieb sehr höflich und charmant, und ich wollte nicht ablehnend sein. Eine gute Freundschaft ist ja auch was wert. Wir tauschten unsere Telefonnummern aus und er versprach mir per WhatsApp sein Bild zu schicken, damit ich einmal sehen konnte, wer mir da Nachrichten schickt.

Er selber beschrieb sich als kernig, smart und gut in Schuss. Ich war gespannt und wartete auf seine Nachricht. Dann endlich kam das Foto. Ich atmete tief durch und überlegte wie ich ihn auf sanfte Weise wieder loswerden könnte. Er war alles andere als mein Typ. Er zeigte sich eher gesetzt, ruhig, wenig temperamentvoll und bescheiden. Rote Wangen ließen auf die ländliche Herkunft schließen. Kein Mann von Welt, eher ein Landwirt mit hundert Milchkühen oder einer Schweinezucht. Nichts gegen Bauern, mein Großvater war auch einer, aber ich sehe mich nun mal nicht als Hauptdarstellerin bei „Bauer sucht Frau".

Nein, das ist kein Mann für mich, so dachte ich mir und überlegte, da ich nun alle Fakten hatte, wie ich der Konversation endlich ein Ende setzen konnte. Aber Hermann schaffte es mit seinem Charme, mich immer wieder zum Antworten zu animieren, ja eines Tages sogar auf ein Treffen zu überreden. Hermann lud mich zum Abendessen ein und ich sagte zu. Lange hatte er es versucht, immer wieder habe ich ihm einen Korb gegeben, doch schlussendlich so sagte ich mir, ist ja nichts dabei, mal zusammen essen zu gehen. Ich war wie immer zu höflich und hatte ein schlechtes Gefühl, Männern, die auch nett waren, eine Abfuhr zu erteilen. Ich schickte dennoch gleich voraus, dass es keinesfalls ein Sex Date werden sollte, falls er dies erwartete, denn seine Nachrichten waren immer mit roten Rosen und kleinen Küsschen ausgeschmückt, so als ob wir uns schon näher kannten. Außerdem sprach ich ihn darauf an, dass er ja noch verheiratet sei und ich auch nicht den Status einer Geliebten einnehmen werde. Hermann versicherte glaubhaft, dass er seit zehn Jahren bereits von seiner Frau getrennt lebe und er auch vor mir schon Beziehungen hatte, die allerdings nicht gehalten hätten. Es sollte also nichts Heimliches mit uns werden. Gut, dachte ich mir, aus uns wird so oder so rein gar nichts.

Ich zog mir etwas ganz Normales und Unauffälliges an um ihn nicht zu sehr zu reizen, so wie ich auch ins Büro hätte gehen können und wollte nur das Essen so schnell wie möglich hinter mich bringen und Hermann klarmachen, dass wir nicht zueinander passten.
Nach kurzer Fahrt erreichte ich unser Ziel. Als ich gerade mein Auto parkte und ausstieg, schoss ein dicker silberner Mercedes über den Parkplatz und kam neben meinem Auto zwischen zwei Parkplätzen zum Stehen.
Wow, dachte ich, wer ist das?
Ich war doch nicht mit einem jungen Wilden, sondern mit einem gesetzten älteren Herrn verabredet. Aus dem Auto stieg ein Mann, der in natura tatsächlich besser aussah, als auf den Fotos, die ich von ihm hatte. Mit leicht gespreizten Beinen, so als ob Django gerade vom Pferd gestiegen war, kam er charmant lächelnd auf mich zu. Seine Augen strahlten, seine

roten Wangen leuchteten und er hatte etwas unverschämt jugendlich Charmantes an sich, so wie ich es
nie erwartet hätte. Ich staunte nicht schlecht.
Wir umarmten uns zu Begrüßung. Er war groß, so
wie in seiner Beschreibung, hatte eine gute Figur,
sehr gepflegt und alles in allem durchaus vom ersten
Eindruck her interessant, sodass ich ihn doch noch
näher und besser kennenlernen wollte.
„Kernig, smart und gut in Schuss", fiel mir sofort
wieder ein. Das stimmte auf den ersten Blick. Ich war
auf das Angenehmste überrascht. Der Stoff seiner
Jacke fühlte sich gut an und ich sah, dass er gut und
geschmackvoll gekleidet war, samt den Schuhen.
Sollte er wirklich ein Bauer sein? Also mit der bekannten Fernsehshow hatte dieser Typ nichts zu tun.

Wir liefen über den Parkplatz in Richtung Restaurant.
Er öffnete die Tür, ließ mich vorangehen, nahm mir
meine Jacke ab und brachte sie zur Garderobe. Ganz
Gentleman eben. Wir setzten uns an einen Tisch, der
in einer etwas ruhigeren Nische stand. Der Kellner
brachte die Karte und Hermann fragte nach meinem
Getränkewunsch.
Er schaute mich schmunzelnd an und ließ kaum die
Augen von mir, sodass der Kellner ein zweites Mal an
unseren Tisch kommen musste, um das Essen aufzu-
nehmen.
„Ich kann dir kaum in die Augen schauen" begann
er, *„sie sind unverschämt schön.*
Er machte mir immer wieder Komplimente, wirkte aber
selber etwas verlegen. So richtig durchschauen konnte ich ihn nicht. War er nun ehrlich oder raffiniert? Ich
wollte ersteres glauben.
Während wir auf das Essen warteten, erzählte er mir
von sich. Er war eine interessante Persönlichkeit des

öffentlichen Lebens und er betrieb tatsächlich auch Landwirtschaft, aber ohne Tiere. Seine gepflegten Hände ließen nicht auf das Wühlen im Dreck schließen und der Stallgeruch war auch nicht da. In diesem Punkt schien er ehrlich zu sein. Während des Essens unterhielten wir uns angeregt und was er zu erzählen hatte, war nicht langweilig. Der Abend verlief schöner als ich dachte. Er war ein guter und vielseitiger Gesprächspartner. Als wir nach dem Restaurantbesuch und ausführlichen Gesprächen zurück zum Auto liefen, fragte er mich ob ich ihn wiedersehen wollte. Meine Antwort kam etwas zögerlich aber lautete dann: *"Ja"*.

Ich kramte den Schlüsselbund aus meiner Handtasche und schloss meine Autotür auf. Dann drehte ich mich wieder ihm zu und verabschiedete mich mit einer Umarmung. Er hielt mich fest. Ich war etwas überrumpelt und wartete ab. Plötzlich küsste er mich. Ich drehte meinen Kopf leicht zur Seite. So küsste er nur meinen Hals. Hermann hielt mich immer noch fest umklammert und zeigte mir seine Stärke und Entschlusskraft. Was hatte er im Sinn?

„Als ich dich zum ersten Mal sah", begann er, *„wusste ich, dass ich dich heute noch küssen werde"*

„Aha", antwortete ich. *„Das wusstest Du"*.

Ich erklärte ihm, dass mir das alles zu schnell ging. Er hatte Verständnis, ließ mich aber noch nicht los.

Hermann war gewohnt, das zu tun und zu bekommen, was er wollte. Er wirkte keineswegs schüchtern. So gab er sich aber auf dem Portal. Alles nur Taktik?! Nach etwa zehn Minuten trennten wir uns und jeder stieg in sein Auto.

Ich beschloss weiter mit ihm in Kontakt zu bleiben und das Ganze langsam angehen zu lassen. Ich wartete ab, wie er sich weiter verhielt. Am nächsten Morgen kam wieder eine Nachricht von ihm. Charmant wie immer, mit der Nachfrage, wie es mir gehe. Ja, so wünschte ich mir das. Man muss ja nicht immer gleich in die Vollen gehen. Wir schrieben uns mehrmals täglich, auch in den darauffolgenden Tagen. Alles schien gut zu sein. Wir telefonierten auch einige Male und führten lange Gespräche. Dies bestätigte mir auch, dass er wohl doch alleine lebte und keine Ehefrau in der Nähe war. Warum er nicht geschieden war, erzählte er bisher noch nicht.

An einem Samstag teilte ich ihm mit, dass in der Nähe eine Ü30 Party wäre, in der Hoffnung wir würden zusammen hingehen. Es kam plötzlich keine Antwort mehr.
Ich hatte Verständnis, denn es war Haupterntezeit. Am Sonntag und Montag darauf war sein Mobiltelefon ausgeschaltet. Und es gab wieder keine Reaktion seinerseits. Die Tage darauf meldete er sich auch nicht mehr. Von jetzt auf nachher. Er las zwar meine Nachrichten, antwortete aber nicht mehr. Was war passiert? Seine letzte Nachricht an mich war nichts Außergewöhnliches. Sie kam charmant und mit Rosen und Küssen verziert, wie immer. Hatte er Angst, dass es zu ernst werden könnte? Wollte er doch nur ein Abenteuer? War er jetzt sogar zu feige, um unseren Kontakt ordentlich zu beenden? Sind denn alle Männer Feiglinge?

Sein Telefon empfing nun meine Nachrichten nicht mehr. Ich versuchte anzurufen, aber es klingelte nicht. War es kaputt? Ich war ratlos und hakte Hermann ab.

Eine Woche später schrieb er mir erneut über das Portal. Er erklärte mir, dass sein Telefon kaputt sei, er wegen der Ernte wenig Zeit hätte und entschuldigte sich für die lange Zeit ohne Nachricht. Ich nahm es hin, blieb aber skeptisch. Wir schrieben noch eine Weile, doch seine Nachrichten wurden kürzer und unverbindlicher als vorher, und irgendwann stellte er sie komplett ein. Der Kontakt riss schließlich ab. Lange hielt er sich vom Portal fern, aber eines Tages tauchte er wieder auf. Der Bauer war wieder auf der Suche nach seiner Gelegenheitsbäuerin. Das übliche Procedere. Dieses Verhalten kannte ich ja schon. Es machte mir nichts aus, dass er sich bei mir nicht mehr meldete. Ich war nicht verknallt in ihn und er bedeutete mir wenig. Am Ende war ich sogar froh darüber, denn ein verheirateter Mann kam für mich ohnehin nicht in Frage. Sein Charakter, erschien mir trotz hoher Ämter zweifelhaft. Aber feige war sein Abgang schon!

André

Der letzte Kandidat, von welchem ich hier erzählen möchte, hatte mir den Rest gegeben. Er war sozusagen der Gipfel der Genüsse. Danach war so gut wie Schluss mit der Suche nach dem Traumpartner auf dem Portal. Das was mir in den letzten Monaten begegnet war, hatte mir gereicht. Wenig Aufmerksamkeit schenkte ich einer E-Mail aus Biberach, die mich auch noch an einem der letzten Tage meiner Mitgliedschaft erreichte. Ich war schon seit Wochen nicht mehr angemeldet und hätte eigentlich gar nicht mehr antworten können, wäre da nicht dieses Werbeangebot „drei Tage kostenlos" in meinem E-Mailpostfach gewesen. Also nutzte ich es noch. Ich schaute mir das Profil der neuerlichen Zuschrift kurz an und löschte die Nachricht sogleich, da es zu meiner Suche einfach nicht passte. André war sechs Jahre jünger und fünf Zentimeter kleiner als ich und er hatte kein Bild auf dem Portal eingestellt. Also, weg damit. Doch er ließ nicht locker und wiederholte seinen Kontaktversuch ein weiteres Mal, und zwar auf eine sehr besondere Art, die nicht zu übergehen war. Höflich beantwortete ich seine Nachricht und erklärte ihm aber auch, dass ich keinen Chat mit bilderlosen Kontakten haben wollte. In seiner Antwort las ich dann seine Handynummer mit dem Verweis auf sein WhatsApp-Foto.

Der Knabe lässt nicht locker, dachte ich mir und tippte die Nummer in mein Smartphone ein um zu sehen, wer sich dahinter verbarg. Das Bild, welches sich mir zeigte, war soweit ganz angenehm und ich verfasste eine Nachricht an ihn. Als ich ihm sagte, dass er zwar eine sehr sympathische Erscheinung sei, ich aber denke, dass er mir zu jung wäre, konterte er gekränkt: *"Du bist mir ja auch zu alt". "Gut"*, *dann lassen wir das"*, gab ich zur Antwort und hakte die Sache ab. So ein unverschämter Kerl, dachte ich.

André hakte die Sache aber nicht ab. Nun schickte er mir ein paar Smileys mit der Erklärung, dass er ja doch auf reifere Frauen steht.

Da haben wir es wieder, dachte ich mir, auch er hatte nur sexuelles Interesse und ich konfrontierte ihn mit meinem Verdacht. Schnell stritt er es ab, und erklärte, dass er eine Beziehung suche, nur eben nicht so eng. Ich bat um Definition von „nicht so eng", aber er wich aus.

Unsere Unterhaltung verlief dennoch ganz lustig weiter und wir schrieben den ganzen Tag immer wieder neue Nachrichten. Er erzählte mir von sich und ich erzählte von mir. Man muss sich ja immer wieder neu kennen lernen. Auf die häufige Nachfrage, ob mir das mit seiner Körpergröße denn nichts ausmachen würde, gab ich ihm zu verstehen, dass Äußerlichkeiten nicht so wichtig wären und es mir auf die berühmten inneren Werte ankam. Nun ja, so ganz ehrlich war ich hier auch nicht. Aber ich hatte gerade keinen anderen Kontakt und wollte erst mal hören, was von diesem Typen noch alles rüberkam.

Am späten Abend, kurz vor dem "Gute-Nacht-Sagen" fragte er mich, ob ich denn nun seine Soulsista bin. Erstaunt über diese Frage, meinte ich nur, es wäre doch viel zu früh um das zu sagen. Er gab nicht auf. Immer wieder stellte er die Frage. Ich war müde und sagte "J*aja*" um endlich Ruhe zu haben.

Ein ruhiges Wochenende stand vor der Tür, und so hatte ich Zeit und Muße, unseren Chat fortzusetzen.

André meldete sich erst einmal nicht mehr. Am Abend fragte ich nach und er antwortete prompt und leicht verärgert, dass er von mir kein „Guten Morgen" bekommen hätte und ich ihm am Vorabend nicht einmal einen Gute-Nacht-Kuss gegeben hätte. Und er fragte ob ich immer noch „seine" Soulsista wäre.

Er war schon ein seltsamer Vogel, aber amüsant. Erläuterungen meinerseits, dass es für all seine Wünsche noch zu früh wäre, blieben unbeachtet. Er bat um einen Kuss auf den Mund. Ich zeigte ihm meine Verwunderung. Er meinte nur, ich müsste das Verlangen doch auch spüren.

Nun, wir leben ja heute in einer schnellen Welt, aber was die Jungs einem da so abverlangen, ist schon turbomäßig. Mir kam gleich der frühe Heiratsantrag von Alex in den Sinn, oder das schnelle Telefonat und Treffen von Dietmar. Wieder so einer, dachte ich mir. Er fragte ob ich von ihm geträumt hätte. Zu seiner Beruhigung sagte ich *„Ja"*.

Dann fügte er noch hinzu: *„Denkst Du ich will dich nur f… und dann ist gut. Denkst Du ich bin ein Arschloch…"*

Ich sagte: *„Ja, so was Ähnliches dachte ich schon."* Wieder wurde er sauer und verneinte. Er schrieb mir aber gleichzeitig, was ich für eine tolle Frau wäre, und dass er nur mich will und dass er mich mag.

Klar, wen sonst: Ich musste lachen.

Daraufhin wurde er deutlicher: *„Sag einfach, dass du möchtest, dass sich dich nehme, aber nicht nur für das eine. Willst du Soulsista? Du interessierst mich, sag' einfach, dass ich dich nehmen soll. Das du meine sein willst. Meine Soulsista. Sag es mir."*

Er wurde immer fordernder und sehr dominant.
Ich werde dich jetzt auf den Mund küssen. Ich nehme mir was mir gehört, weißt du das auch? Bist Du meine?" Er schickte einen virtuellen Kuss und ergänzte: *„Jetzt bist du meine. Du bist weg vom Markt. Du weißt, wo du hingehörst. Ich habe dich ausgesucht. Ich habe dich nicht zum Spaß angeschrieben."*
Ich fragte: *„Sondern?".*
„Das du mit mir sein willst. Ich küsse deinen Nacken, ist meiner jetzt. Ich will deine Nähe. Ich will alles von Dir. Gib mir das! Ich nehme was mir gehört. Gehörst du mir? Es macht mich glücklich, wenn du mir gehören willst"
Ja war ich denn im falschen Film? Was für einen Mist schreibt der Kerl mir da?
Ich erklärte ihm, dass ein Mensch kein Besitz ist, und auch den Sklavenhandel gäbe es heute nicht mehr.
"Er antwortete: *„Das du meine sein willst, heißt sehr viel für mich. Ich kaufe dich nicht. Dein Wille ist es. Es ist nicht so oberflächlich wie du denkst. Es soll so sein, dass du weißt wo du hingehörst. Ein richtiger Mann hat dich ausgesucht. Oberflächlichkeit gegen Wille und Intelligenz. Wir brauchen keine 0815 Nummer. Ich will dich haben, wenn du das willst, füge dich. Ich finde ein Mann muss eine Frau aussuchen und sie muss seine sein, wenn sie es spürt."*

Ich spürte nichts, außer vielleicht Lust auf Schokolade. Das hatte aber nichts mit ihm zu tun. Diese Lust spürte ich immer. Oh mein Gott, mit wem war ich hier in Kontakt. Bin ich vielleicht im falschen Jahrhundert gelandet? Ich wollte zurück in die Zukunft.
Er fragte ob er konkurrenzlos sei, was ich verneinte. Daraufhin sagte er: *„Dann bin ich nicht der richtige*

für dich. Ich habe dir die Hand ausgestreckt und du hast sie nicht genommen. Der Zeitpunkt wäre perfekt gewesen. Ich werde alles löschen. Ich werde dich nicht mehr kontaktieren. Vielleicht schaffe ich es nicht. Ich bin zu stolz und hatte alles versucht. Du findest dein Glück. "

Sein Kommentar klang sehr theatralisch. Ich war total verwundert über seine Reaktion, doch jetzt hatte er mich neugierig gemacht und ich wollte mehr über ihn erfahren, und sagte: *„Ja, Du bist konkurrenzlos."* Sofort sprang er wieder auf das Boot auf und stellte mir dieselben Fragen wie zuvor. Das Spiel lief weiter. Er sprach von Lust und Bestrafung und so langsam ging auch mir Landei das Licht auf. Hatte ich das nicht schon einmal irgendwo gehört? Jetzt wurde mir alles so langsam klar: Er war ein Dom*!
Ich las sofort im Internet nach, was das alles so bedeutete und war sprachlos. Sofort konfrontierte ich ihn mit meiner Erkenntnis und erklärte ihm, dass ich keine Sub** sei, und mich hier von ihm verabschieden wollte. Er fragte erneut: *„Bist du meine?*
Es wurde immer kurioser, denn jetzt sprach er in der dritten Person mit mir weiter:
„Sie versteht nicht was ein Dom ist. Zuviel Kino geschaut. Null Ahnung. Habe mich nicht getäuscht. Es war alles gelogen und nichts wert."
Ich sagte, dass von meiner Seite gar nichts gelogen gewesen sei, ich aber nicht auf derartige Spiele stehe. Er konterte wieder. *„Null Ahnung. Ich bin ein Dom, kein Sadist".*

*Dom = dominante Person, die den devoten Partner bestraft und demütigt
**Sub = devote Person, unterwürfig und gehorchend, sonst erfolgt Strafe durch den Dom

„Naja, Dom oder nicht, ganz egal, nicht ganz dicht", sagte ich mir.

Er war Geschäftsmann, besaß eine Firma. Eigentlich hätte ich ihn seriöser eingeschätzt. Also Variationen auszuprobieren ist ja ganz nett, aber muss man das Spiel vierundzwanzig Stunden betreiben? Ist das eine Daseinsform? Ich eine Sub? Hier auf dem Ländle kocht man eine Supp', mehr nicht.

Ich hätte den Chat spätestens jetzt abbrechen müssen, doch das Thema war ja grundsätzlich nicht uninteressant und ich spielte weiter mit.
Er musste immer wieder von mir hören, dass ich „seine" bin und er auf mich Zugriff hätte, wann immer er wollte.
Ich sagte zu allem *„ja",* denn er war ja noch weit weg. Wir hatten noch keine Adressen ausgetauscht und ich konnte mich noch sicher fühlen.

Ich schaute mir nochmal seine Bilder an. Ja, er hatte so etwas in den Augen, was faszinierte, aber auch gefährlich wirkte. Ich malte mir aus, wie ich gefesselt in schwarze Lederdessous gekleidet vor ihm lag, und er mich streng anschaute, mit der Peitsche in der Hand, welche der Bestrafung diente. Rollenspiele gehörten dazu und durch die Bestrafung wurde das Rollenspiel glaubhafter. Der Gedanke amüsierte mich eher, als dass er mich anmachte und ich musste laut lachen. Ja, ich wollte schon immer mal eine Hauptrolle spielen, aber nicht in der SM* Szene, so wie Andrè sich das vorstellte.

*SM= Sadomasochismus

Meine Schwester warnte mich, ihn zu treffen, als ich ihr davon erzählte. André schrieb nun auch, dass er den Wunsch habe mich endlich wahrhaftig zu küssen und zu berühren und dass er mich sehen wollte. In einer Woche wäre er aus dem Ausland, wo er sich gerade aufhielt, zurück. Er fragte, ob ich ihn sehr vermisse.

„Jaja, mein Gebieter" sagte ich scherzhaft und spielte bereits mit dem Gedanken, mich von ihm erneut zu verabschieden. Das Wort Gebieter war wohl ein Fehler von mir, denn er nahm es sehr ernst. Als er eine Weile nicht präsent, war formulierte ich meine, so schätzte ich, letzte Nachricht an ihn:

„Ich habe nachgedacht. Ich bin keine Sub. Schade, aber beziehungsmäßig kommen wir nicht zusammen. Es tut mir leid, wenn ich dir Hoffnung gemacht habe. Sei nicht böse, aber ich möchte mich hier von dir verabschieden".

Er antwortete sofort:

„Du hast mich Gebieter genannt, deshalb fragte ich Dich, ob ich dein Gebieter sein soll. Suche keine Sub. Aber zweimal verabschiedet ist genug. Habe alles gelöscht. Lösche meine Bilder!"

Das wäre es eigentlich gewesen, wenn ich nicht noch neugierig gewesen wäre. Nach ein paar Stunden schrieb ich: *„Hast Du wirklich alles gelöscht?* Erkläre es mir. *Hast oder hattest du denn schon eine Sub?"*

Er erzählte mir, dass er schon einmal eine hatte, derzeit aber nicht. André, der Frauenbändiger. Jetzt versuchte er mich zu seiner Untergebenen zu machen. Ich war äußerst amüsiert darüber, und fragte mich, ob er sich da nicht ein zu hohes Ziel gesetzt hätte.

Er schrieb sofort zurück: *„Du darfst mir ein Bild von*

deinem Po schicken. Ich erlaube es dir!"
Oje, oje, jetzt bekomme ich doch noch den Hinterm versohlt, weil ich ungehorsam war. Und, er erlaubt es mir, ihm das Bild zu schicken. Wie gnädig von ihm. Ich musste wieder lachen. Welche Prüfung wurde mir hier auferlegt? Ja, wie ich bereits erwähnte, für gute Unterhaltung war gesorgt.
André gab keine Ruhe und ich suchte im Internet nach einem passenden Hinterm. Er wollte unbedingt ein Bild haben, das nur für ihn gemacht worden wäre und nicht für andere Männer. Ja, was hatte er sich denn vorgestellt? Schicke ich meinen Hintern durch die Lande, gerade so, wie einer den haben wollte. Er wurde fordernder, als es ihm nicht schnell genug ging, las ich die Worte: *„Dein Herr wartet".*
Jetzt spielte er auch noch Gott.
Ich machte sein Spiel dennoch weiter mit und schickte ihm ein Bild. Dann sagte ich ihm, dass ich seine Bilder noch nicht gelöscht hatte. Das stimmte ihn wieder friedlich und er wollte wissen, ob ich beim Anschauen seiner Bilder „frech" gewesen wäre. Ja, wir kommen halt immer wieder nur zu einem Thema. Doch er war nicht zufrieden. Ein „angezogener Hintern" war ihm nicht genug. Ich nannte ihn Baby und sagte er solle doch nicht heulen. Da wurde er richtig sauer. Er sagte, der Chat mit mir wäre langweilig, wie mit einer alten Lehrerin und ich solle meine Spielchen woanders machen. Und er sei kein Baby. Ich hatte ihn beleidigt! Also was habe ich mir da auch bloß gedacht. Wieder musste ich lachen. Wie konnte ich einen Dom als Baby bezeichnen. Schnell erläuterte ich, dass Baby vom amerikanischen babe kommt und es so viel bedeutet, wie Schatz oder Liebling. Die Bezeichnung gefiel ihm trotzdem nicht so ganz, doch er zeigte sich wieder

versöhnlich, gleichsam mit einer neuen Forderung nach meinem nackten Hintern und einen Kuss.

Das Internet war voll von solchen Bildern und ich wurde schnell fündig. Jetzt teilte er mir wieder seine Fantasien mit, obwohl er mir nach zwei Verabschiedungen immer noch misstraute, ob und wie lange ich nun wirklich „seine" wäre.

Ich blickte gerne in seine Augen, auf seinen Bildern, er hatte einen ganz besonderen Blick, doch mit diesem Dominanzgehabe konnte ich mich nicht anfreunden. Ich fragte mich, ob er wohl auch Bindungsangst hatte. Wie oft suchte er sich eine Frau für seine Fantasien aus? Was war mit seiner Gefühlswelt? Konnte er lieben oder nur befehlen? Ich war derzeit nicht in der Position, die eine oder andere Frage zu stellen. Er musste dies mir erst erlauben. Genauso, wie er es mir immer erst erlauben musste, einen Chat zu beenden. Er war der Boss. Er sagte an, was zu tun und zu lassen ist. Ganze vierundzwanzig Stunden am Tag. Dies konnte nachts um eins sein, genauso wie zwölf Uhr mittags.

Er plante unser erstes Treffen. André freute sich auf unser erstes Date. Ich nicht. Ich schlug ihm vor sich irgendwo in der Öffentlichkeit zu treffen, um sich erst einmal zu beschnuppern, er wiederum bevorzugte es, mich gleich zu Hause zu besuchen. Das lehnte ich natürlich ab, aber sagte es ihm erst einmal nicht. Ich spielte weiter und erklärte ihm, dass ich ebenso dominant wäre und fragte ihn, was dann passieren würde. Er antwortete: *„Du darfst es mir nicht zeigen, aber du darfst Wünsche äußern".* Er betonte immer wieder, dass er mich ausgesucht hätte und er sich jederzeit nehmen könnte, was ihm gehörte. Ich hatte wirklich nicht das Gefühl, dass diese Haltung von ihm auf gewisse Zeiten beschränkt war. Er lebte es rund um die

Uhr. 24/7. Ich suchte nun endgültig einen Weg um aus der Geschichte wieder heraus zu kommen. Mir war auch klar, dass dies zu allem führen konnte, nur nicht zu einer ganz normalen Beziehung, wie ich sie mir wünschte. Und eins war sicher, nämlich dass ich ihn niemals treffen dürfte. Ich wollte seine Gefühle nicht verletzen, denn er konnte vermutlich nichts für seine Neigungen. Eines Tages, als es tatsächlich mit einer Begegnung ernst werden sollte, zog ich mich zurück. War ich nun zu feige?

Auf keinen Fall würde ich diesem Mann in meine Wohnung lassen, noch würde ich mich sonst irgendwo treffen. Ich schrieb ihm eine lange Nachricht, in welcher ich ihm die Chance gab, dass er derjenige sei, der den Kontakt beendet, um seiner Ehre als Dom gerecht zu werden. Denn ich hatte in seiner Welt nicht das Recht, mich von ihm zu lösen, wie er mir erklärte. Er war derjenige, der mich ausgesucht hatte, der die Befehle erteilte, und der mir die Erlaubnis gab, gewisse Dinge zu tun. Er wurde wütend und beschimpfte mich auf das Übelste. Er merkte, dass er keine Macht über mich hatte, dass ich in seinen Augen ungehorsam war und er mich aber dafür auch nicht bestrafen konnte, weil wir uns ja nie gesehen haben oder sehen werden. Seine Worte waren nun so bösartig, dass ich unmöglich mit ihm weiter kommunizieren oder spielen wollte. Sogleich sperrte ich ihm alle Kontaktmöglichkeiten. Ich hatte ihn vermutlich doch in seiner Ehre gekränkt. Das Spiel war endgültig vorbei und ich war um eine Erfahrung reicher.

Im Nachhinein muss ich sagen, dass er mir von Grund auf nicht unsympathisch war. Ja, er hatte zwischendurch auch seine netten Seiten gezeigt. Er war sicher kein schlechter Mensch, nur seine Vorlieben empfand ich als etwas schräg. Es gibt genügend Frauen, die sich gerne in so einer Rolle wiederfinden möchten, wie er es sich gewünscht hatte. Meine Recherche im Internet führte mich zu den SM-Foren. Das ist eine große Community. Aber leider nichts für mich. Hier stand Unterwerfung und Bestrafung ebenso auf der Tagesordnung, wie Dominanz und Selbstüberschätzung. Es fühlte sich an, als ob man in einer anderen Zeit lebte. Die Mode dieses Thema betreffend, mit schwarzem Leder, Lack oder Latex hätte ich mir ja noch gefallen lassen, aber die Utensilien für gewisse Praktiken, wie Peitsche, Reizstrom, Fessel, Halsband, Klemme, Zwinge, Maske und Zaumzeug sowie Knebel, stellte ich in Frage. Aber jedem das Seine. André wollte bei mir den starken Mann spielen. Ich war vermutlich stärker, als er dachte. Sicher war er ebenso ein Feigling, in welchem Sinne auch immer, denn er war auch verheiratet, wie sich zwischendurch herausstellte. Sollte er nicht vielleicht seiner Frau mal sagen, was er sich wünschte? Oder war sie bereits seine Sub? Einem Dom war es ja gestattet mehrere Subs zu haben. Er hatte mir nichts über sie erzählt.

Resümee

Ich bin zu der Erkenntnis gekommen, die wahre Liebe kann man nicht unbedingt durch eine Mitgliedschaft auf einem Dating Portal finden. Sie kommt einfach, egal wo du bist. Man findet sehr wahrscheinlich nur Unterhaltung, Romanzen, Sex, neue Bekannte, aber leider auch Psychopathen. Ausnahmen kann es immer geben, ganz ausschließen möchte ich das nicht. Nur sollte man nicht seine ganze Hoffnung darauf setzten, etwas für sein Geld zu bekommen.

Ich bin nun nicht mehr auf der Suche nach meiner großen Liebe, sondern warte, bis sie mich findet.

Trotzdem möchte ich behaupten, dass die meisten Männer doch Feiglinge sind, zumindest wenn sie sich auf Dating Portalen herumtreiben. Entweder, sie gehen fremd und verheimlichen es und sie lügen was das Zeug hält, um nicht aufzufliegen. Ihre wahren Absichten wissen sie gut zu tarnen. Oder sie suchen tatsächlich nur Sex und sind selbst dafür zu feige, dies klar und deutlich auf einschlägigen Portalen zu suchen und dazu zu stehen. Warum diese Umwege? Warum die Frauen glauben lassen, sie meinten es ernst?

Die „guten" Männer sind schwer auszumachen und ganz sicher nicht auf irgendwelchen Portalen zu finden.
Sie begegnen dir im Supermarkt, wenn sie für die Familie einkaufen, auf der Post, wenn sie für ihre Frauen die Pakete abholen, vor dem Kindergarten, wenn sie nach ihrem Nachwuchs schauen oder an

der Tankstelle, wenn sie ihren Kleinbus für den nächsten Familienausflug tanken. Aber genau diese Männer sind bereits vergeben und davon sollte Frau die Finger lassen.

Zu den „unschuldig" geschiedenen möchte ich sagen, dass keiner unschuldig ist. Manche Männer glauben das gerne zu sein, so meine Erfahrung. Es mag Pechvögel geben, deren Frauen sie betrogen oder einfach nur verlassen haben, weil die Liebe erloschen war, aber auch diese Exemplare sind auf keinem Dating Portal zu finden.

Wir Frauen neigen dazu, zu viel Mitgefühl zu haben, und so können die Herren der Schöpfung uns erzählen, was sie wollen. Wir glauben es. Je rührseliger eine Geschichte klingt, umso mehr fühlen wir uns aufgefordert, etwas für sie zu tun. Die Profile der Männer sind zum Großteil nicht wahrheitsgetreu. Männer sehen sich anders, als sie wirklich sind.
Männer sind gutaussehend, erfolgreich, verständnisvoll, treu, unterhaltsam, verlässlich, verantwortungsvoll, umweltbewusst und immer gut drauf. Einfach perfekt. Aber nur in ihren Augen!

Gutaussehend bedeutet, wenn sie vor dem Spiegel stehen: „Ich will so bleiben, wie ich bin."
Erfolgreich bedeutet: „Jetzt hab' ich doch ein Date mit der Kollegin bekommen"
Mit Verständnisvoll meinen sie: „Ja klar, wenn Du deine Tage hast, geh ich alleine ins Wellness Wochenende, (meine Freundin hat ja immer Zeit)"
Unter Treue verstehen sie, dass sie ein ganzes Leben lang für ein und denselben Fußballverein die Daumen drücken.

Unterhaltsam sind sie alle, wenn genügend Bier geflossen ist.

Verlässlichkeit zeichnet sich dadurch aus, dass wir Frauen uns darauf verlassen können, jeden Tag die gebrauchte Unterhose vom Badezimmerboden aufzusammeln und nicht nur ab und zu. Darauf können wir uns wirklich verlassen!

Doch, ja, sie sind auch verantwortungsvoll, denn den Unterhalt für das Kind mit der Geliebten bezahlen sie aus der Schwarzgeldkasse ihres Unternehmens, sodass die liebe Ehegattin nichts mitbekommt.

Ja und das Umweltbewusstsein zeigt sich dadurch, dass Kippen einfach aus dem Autofenster geworfen werden. Zurück zur Natur sozusagen, wo es sich doch nur um Tabak und Papierreste handelt. Alles Naturprodukte.

Ja und gut drauf sind sie immer, aber wir Frauen sind eben nicht immer gut darunter.

Daher sind die Männer perfekt und die Frauen schuld an ihrem Unheil. Mensch Männer, ich bin froh, eine Frau zu sein.

Ich war auf diesem Portal, wie bereits erwähnt, nur wenige Monate angemeldet und hatte während dieser Zeit immer mal mein Profilbild geändert und auch meinen Namen. Aber auf den Bildern war grundsätzlich immer nur ich darauf zu sehen und die Bilder entstammten auch aus demselben Zeitraum. Doch das groteske an der Sache war, dass es Männer gab, die mich immer aufs Neue anschrieben, ohne zu bemerken, dass ich ein und dieselbe Person war. Sie hatten es nicht gemerkt.

Also, wenn mir ein Mann gefällt, dann merke ich mir sein Gesicht, wenn schon nicht seinen Namen. Oder vielleicht ein paar Eigenschaften oder Merkmale. Mir stellt sich da wieder eine Frage, die ich mir selber beantwortet habe:

Was erkennen Männergehirne, wenn sie das Bild einer Frau betrachten?

Nicht das, was wir uns vorstellen!

Sie sehen nur, dass es sich um ein weibliches Wesen handelt, welches sie eines Tages flachlegen können.

Statt einer Frau mit Herz sehen, sie in ihrer Fantasie nur ihren Busen.

Anstelle eines Rückgrats, sehen sie nur ihren wohlgeformten Hintern.

In dem feinen Gesicht einer Frau werden neben ihren strahlenden Augen hauptsächlich auch ihre Lippen wahrgenommen, mit der Vorstellung, was sie wohl damit alles anstellen könnte.

Ich möchte jetzt nicht behaupten, dass alle so sind. Aber meine Erfahrungen auf den Portalen gehen stark in diese Richtung. Viele sind blind für das wirklich Wahre im Leben. Verantwortung und Mitgefühl, Treue und Verlässlichkeit sucht man vergebens. Abenteuer, Unverbindlichkeit, Schnelllebigkeit und Abwechslung dominieren. Aber ich denke, das ist ein gesellschaftliches Problem.

Tipps und Tricks

Hier ein paar Tipps für die Mädels:
- beschreibt möglichst genau wen oder was ihr sucht
- stellt möglichst viele aussagekräftige Bilder ein (je mehr Bilder umso mehr Interessenten)
- macht euch keine zu großen Illusionen
- habt Spaß, vielleicht wird daraus ja etwas Ernstes,
- schickt niemanden Geld, auch wenn seine Geschichte noch so rührselig klingt
- verlangt ab und zu mal ein Selfie oder stellt auf Videochat um, damit ihr sichergehen könnt, dass es der Typ auch ist, der euch gerade schreibt
- fahrt nicht zu ihm oder weiter weg für ein Date, da werft ihr unter Umständen nur Geld aus dem Fenster. Wer was will soll in eure Nähe kommen
- lasst euch nichts entlocken, was ihr nicht preisgeben möchtet
- beantwortet eure Mails, auch wenn es eine Absage sein soll
- Vorsicht vor den Dauerzahlern bzw. den Premiummitgliedern, die suchen ständig nur Nachschub an Frauen. Da seid ihr nicht die einzige, sondern steht in der Reihe von vielen
- schaut auch mal auf die eindeutigen Portale, ob euer Favorit dort auch noch aktiv ist, dann wisst ihr sofort, auf was er hinaus will

Tipps für die Jungs:
- beschreibt möglichst genau, wen oder was ihr sucht
- lest die Beschreibungen der Mädels gut durch und stellt keine dummen Fragen
- bleibt oberhalb der Gürtellinie, außer ihr werdet zu was anderem aufgefordert
- stellt möglichst viele aussagekräftige Bilder ein, aber eure eigenen. Eure Haustiere wollen wir nicht vor eurem Bild sehen
- seid ehrlich, auch wenn ihr noch verheiratet seid
- erzählt keine Geschichten, die nicht stimmen. Hinterher kommt ja doch alles raus
- kommuniziert höflich
- stellt keine Anforderungen, die ihr selber nicht erfüllen könnt
- sucht nicht nach der Traumfrau, ihr seid auch keine Traummänner
- strengt euch an, wir Frauen möchten umworben werden
- beantwortet eure Mails, das ist eine Sache des Anstands
- wenn ihr nur Sex sucht, dann sucht doch gleich auf entsprechenden Sexportalen danach. Dafür sind sie da. Es gibt sie für jede Geschmacksrichtung. Da findet ihr Frauen, die ebenso nur Sex suchen, dann passt das auch.

Ich freue mich für alle, die es auf einem solchen Portal geschafft haben, eine neue ernsthafte Partnerschaft zu finden. Ich bin aber immer noch der Meinung, dass dies die Ausnahme bleibt. Man kann sicherlich einfach und schnell neue Menschen kennenlernen, sich schnell verlieben und auch vielerlei Erfahrungen sammeln. Doch eine Garantie gibt es nicht. Ob man nun dafür bezahlt oder nicht. Und egal welches Portal ihr wählt, die Typen sind überall gleich.

Nachdem ich mich für meine Recherchen auch auf anderen Portalen umgeschaut habe, ist mir aufgefallen, dass einige Männer in verschiedenen Portalen gleichzeitig waren. Nun, das hebt die Erfolgsquote an. Aber investieren sie tatsächlich so viel Zeit, alle möglichen Frauen zu durchforsten und dann auch noch zu kontaktieren? Haben diese Männer nichts anderes in ihrer Freizeit zu tun? Da kommt mir wieder mein Paradebeispiel Alex in den Sinn.
Oder wollen sie nur in einem Katalog blättern und sich vorstellen, was wäre, wenn? Auf jeden Fall haben alle diese Männer und vermutlich auch die Frauen Paralleldates. Ich hatte dieses Thema bereits bei Dietmar erwähnt. Wenn sich jemand daran stört, dann sind Portale ungeeignet, jemanden kennen zu lernen. Man findet sich immer in einer Auswahl wieder. Also mehrere Treffen bedeuten noch nicht, dass man die oder der Auserwählte ist. Diese Verabredungen dienen hautsächlich zum Vergleich.

Interessant fand ich auch, dass sehr viele ganz junge Männer auf den kostenlosen Portalen zu finden waren, die Frauen bis weit über fünfzig suchten. Hier wären wir wieder bei meinen Cougar Jägern. Was diese Jungs suchen, wissen wir bereits. Die Erfahrung

im Bett mit einer älteren Frau, die weiß was sie will. Sie möchten sich eventuell auch austoben und der gleichaltrigen Freundin zeigen, was man(n) so alles drauf hat?
Oder wollen sie einfach nur bemuttert und betüttelt werden, weil Mama ihren Job nicht richtig gemacht hat?

Aber über gewissen Vorlieben zu diesem Thema wollen wir hier nicht diskutieren, denn da ließe sich ein eigenes Buch darüber schreiben.

Doch ich möchte nicht versäumen, alle beziehungswilligen Artgenossinnen vor einigen Männern zu warnen, die es absolut nicht ehrlich meinen. Es gibt viele Fake-Profile auf den Portalen, die erkennt man am gebrochenen Deutsch. Diese Profile kommen meist anfangs ohne Bild oder mit gefälschten Bildern, wie „mein" Gabriel Fabrini. Sie haben meist eine herzzerreißende Geschichte parat. Sind verwitwet oder geschieden, haben Frau und Kind verloren oder die Getrennten sind übel von ihrer Partnerin betrogen worden. Alles gelogen! Frau soll Mitleid mit ihnen haben und sich am besten gleich aus Mitleid ihrer annehmen. Leichtgläubigkeit kann hier zum Verhängnis werden. Man wird verletzt, enttäuscht und verliert sogar noch viel Geld, denn dahinter verbergen sich arme Würstchen, die nach Deutschland einheiraten möchten oder einfach nur Geld abzocken wollen.

Diese Variante gibt es aber umgekehrt, wie im richtigen Leben, übrigens auch. Frauen aus armen Ländern suchen deutsche Männer der Kohle wegen. Also, je schöner oder/und mitleidiger ein Profil klingt, umso höher ist die Wahrscheinlichkeit, dass alles nicht so stimmt, wie es dasteht.

Netterweise traf ich eines Tages einen früheren Kollegen von mir auf dem Portal. Wir wussten natürlich beide nicht viel voneinander, doch wunderten wir uns sehr darüber, dass wir uns hier trafen. So erzählte er mir mehr von sich, und ich von mir. Wir beschlossen, uns einmal zu verabreden und er schilderte mir von seinen Erfahrungen mit gewissen Frauen auf dem Portal.

Er erzählte, dass Frauen sich gerne als hilflos zeigten, schüchtern und Schutz suchend. Meist haben sie keine große Bildung und lassen sich gerne an die Hand nehmen. So lange, bis der Angebetete angebissen hat. Auf einmal hängt der Mann an einer Frau, die nur auf sein Geld aus war und ihm kaum mehr Luft zum Atmen ließ. Auch hier lässt man(n) sich gerne täuschen von einer lieblichen Stimme, einer großen Oberweite oder sonstigen vermeintlichen Vorzügen. Die Aussicht auf die große Liebe macht blind. Zweimal machte mein Kollege die Bekanntschaft mit solchen Damen. Als die ganze Geschichte dann schon emotional weit fortgeschritten war und er sich verknallt hatte, kam auch prompt die Geldforderung über mehrere Tausend Euro. Das war es dann mit der großen Liebe. Am Ende stecken sogar Männer hinter den Profilen, die mit Frauenbildern auf Fang gingen. Eine leibhaftige Frau sieht der zahlende Kandidat aber nie.

So, nun zurück zu den Männern:
Der nächste Typ Mann, vor welchem Partner suchende Frauen aufpassen sollten, ist der, der ausschließ-

lich Sex will. Wir erinnern uns an Ron. Außer eine Frau ist auch nur auf Sex aus, dann passt es ja.

Man erkennt ihn an seiner eigenen Beschreibung und an seiner Suche, was bei der Frau angeblich wichtig sein sollte.

Dieser Männer werben damit, dass ihre besten Merkmale die Hände und der Mund wären, aber das Allerbeste nicht in der Liste der Beschreibung stehe. Das Allerbeste? Was das wohl sein kann? So toll wird das nun auch nicht sein.

Die Suche und Beschreibung der Wunschfrau lautet dann wie folgt: Die Frau kann zwischen 18 und 99 Jahren alt sein, soll eine tolle Figur haben, wobei der Hintern, der Busen, der Mund und die Hände das wichtigste bei ihr sein sollen. Das sagt doch schon alles. Ab in die Kiste, das war's. Dann kommt die nächste Kandidatin dran.

Im Übrigen hatte ein Portal gleich noch eine weitere Plattform, in welcher es nur um Sexkontakte ging. Soweit so gut, jedem das Seine. Doch wenn dein vermeintlich zukünftiger Partner da auch noch auftaucht, ist die Sache klar. Ich würde das immer doppelt kontrollieren, und ihn dann damit konfrontieren, sollte er auftauchen. Leider musste ich diese Erfahrung gleich mehrmals machen.

Und da sind dann noch die Alex' und die Dietmars. Diese Männer würden gerne, aber können nicht. Großes Liebes- und Zukunftsgeplappere, und wenn es dann soweit ist, ziehen sie ihr bestes Stück ein. Es gibt sehr viele Parallelen, die einen bestimmten Typ Mann erkennen lassen. Große Worte, meist so um die fünfzig, langes Singledasein, oft Selbstständig im Beruf und etwas schwer vermittelbar, wie sie sich selber zu erkennen geben. Anspruchsvoll ohne Ende. Diese alten Jungs sind gar nicht mehr fähig, jemanden an ihrer Seite zu haben. Das Singleleben hat sie geprägt, ohne jegliche Verpflichtung zu leben hat sie sehr eigensinnig gemacht. Frau kann dieses Spiel nicht gewinnen, und wenn dann nur für kurze Zeit.

Achtung Abzocke!

Im Test auf verschiedenen Portalen möchte ich noch auf einen ganz speziellen Punkt, zum Thema Kosten eingehen:
Den Werteersatz. Ich sage nur „Achtung Abzocke"
Es gibt mittlerweile eine große Anzahl von Dating-Portalen und Partneragenturen, sodass man meinen könnte, es wäre egal bei welcher Plattform man sich anmeldet. Weit gefehlt!

Bei den „Guten" kann man innerhalb von 14 Tagen kostenlos widerrufen, falls man es sich anders über-legt hat, bei den „Schlechten" kann man das zwar auch, doch diese Agenturen verlangen ein unver-schämtes Honorar für einen sogenannten Werteer-satz. Leider bin auch ich einem schlechten Portal auf dem Leim gegangen:
Eines langweiligen Feiertages meldete ich mich bei Allegro Partner an. Singles mit Niveau wurden hier versprochen. Warum nicht, so dachte ich mir, zumal zu diesem Zeitpunkt eine Mitgliedschaft zum halben Preis angeboten wurde. Wobei, das mit dem Niveau hatte ich ja schon zu genüge erlebt. Aber einen Ver-such sollte es mir wert sein.
Nach den üblichen Abfragen wurde dann auch sogleich meine Kreditkarte mit dem ersten Monatsbei-trag belastet.

Mein Geld haben die Betreiber schneller eingezogen, als mir einen Partnervorschlag gemacht. Nach fünf Tagen und ein paar E-Mails von einem 27-jährigen Medizinstudenten, der mein Sohn hätte sein können, musste ich feststellen, dass hier nichts für mich dabei war. Also beschloss ich von meinem Widerrufsrecht

Gebrauch zu machen und formulierte mein Anschreiben formgerecht und schickte es sogleich ab. Kurze Zeit später erhielt ich folgende Antwort:

Sehr geehrte Frau S.,

vielen Dank für Ihre Nachricht. Ihre Kündigung haben wir erhalten und wirksam zum nächstmöglichen Zeitpunkt am 15.12.2017 eingetragen.

Wir hoffen, dass Sie während Ihrer Mitgliedschaft den passenden Partner finden werden. Wenn auf Ihrem Weg dorthin Fragen auftauchen, wenden Sie sich bitte jederzeit an uns. Wir helfen Ihnen gerne weiter, eine Antwort auf diese E-Mail genügt. Beachten Sie bitte, dass Ihr Profil nach Ende Ihrer Mitgliedschaft nicht automatisch von unserer Plattform entfernt wird. So haben Sie im Anschluss auch weiterhin die Möglichkeit, unseren Service im Rahmen einer kostenlosen Mitgliedschaft zu nutzen. Wir wünschen Ihnen weiterhin viel Erfolg bei Ihrer Partnersuche mit Allegro-Partner.

Mit freundlichen Grüßen

Sie hatten nicht verstanden was ich ihnen geschrieben habe. Ich wollte widerrufen und nicht mit einer Kündigungsfrist von sechs Monaten kündigen. Ich hatte keine Lust weitere sechs Monate zu bezahlen. Außerdem, was hier als weitere Möglichkeit der kostenlosen Mitgliedschaft angeboten wurde, war ohne jeglichen Wert, da keine Kontaktaufnahme mehr möglich war. Ich war sauer, also schrieb ich erneut an die Betreiber der Plattform:

„Hallo, ich kündige nicht, sondern mache von meinem Widerrufsrecht innerhalb von 14 Tagen gebrauch (Sie haben das Recht, diesen Vertrag binnen 14 Tagen ohne Angabe von Gründen zu widerrufen.

Die Widerrufsfrist beträgt 14 Tage ab dem Tag des

*Vertragsschlusses) Also, Rückerstattung der Zahlung
und ab sofort Schluss. MfG"*

Dann kam folgende Antwort von Allegro Partner, der
Agentur für Singles mit Niveau (lach):
*Sehr geehrte Frau S.,
vielen Dank für Ihre Nachricht.
Bitte entschuldigen Sie das Missverständnis. Ihren
Widerruf haben wir nun erhalten und nun wirksam
eingetragen. Im Rahmen Ihrer Mitgliedschaft garantie-
ren wir Ihnen eine feste Anzahl an Kontakten. Für die-
se Kontakte ist gemäß der akzeptierten Widerrufsbe-
lehrung der darin enthaltenen Regelung zum Wer-
teersatz ein Werteersatz in folgender Höhe zu leisten.
Ihr Produktpreis: 149,70 EUR (ohne eventuelle Auf-
schläge für Teilzahlungen)
Laufzeit Ihres Produkts (Monate): 6
Laufzeit bezogene garantierte Kontakte: 5
Davon zustande gekommene Kontakte: 6
Bereits von Ihnen gezahlt: 28,95 EUR
Werteersatz: 112,28 EUR
Verbleibende Forderung: 83,33 EUR*

*Den Einzug der verbleibenden Forderung haben wir
veranlasst.
Mit freundlichen Grüßen*

Unglaublich, ich flippte fast aus. Was erlaubt sich dieses Portal, einfach Gelder von mir einzuziehen, die in
keiner Weise angemessen waren. Für fünf Tage Mitgliedschaft innerhalb des Widerrufsrechts, sollte ich
eine Menge Geld bezahlen. Ich war stinksauer und
sogleich griff ich zum Telefon, um ein paar Dinge klar
zu stellen, denn es kam nicht einmal zu den aufge-
führten sechs Kontakten. Hier wurde eindeutig nicht

die versprochene Leistung erbracht und trotzdem kassiert.

Der Mitarbeiter von der Agentur war freundlich, aber verständnislos.
Nachdem unser Gespräch beendet war, kam noch eine weitere E-Mail mit dem bereits Besprochenen. Paragraphen über Paragraphen. Wie soll sich da ein normaler Mensch zurechtfinden. Werteersatz ist ja meinetwegen noch recht und gut, aber in welcher Höhe. Da kann keiner sagen, was adäquat wäre. Weitere Nachrichten seitens der Agentur sollten mir klarmachen, warum ich mehr als hundert Euro für nichts bezahlen sollte.

Ich wandte mich an die Verbraucherzentrale und bekam die Auskunft, dass der Werteersatz noch bei zwei anderen Agenturen auferlegt wurde, dieser aber unangepasst sei. Eine gerichtliche Klage würde sicherlich erfolgreich sein, da es in dieser Hinsicht schon einige Gerichtsurteile gab, die dem Kunden Recht gaben. Ich schaltete meinen Rechtsschutz ein. Ich kann nur eins sagen: Kämpfen lohnt sich.

Nach dieser Erfahrung habe ich aus meinen Fehlern gelernt und hier lautet meine Empfehlung: Finger weg von Allegro Partner & Co. Und achtet auf das Wort „Werteersatz".

Schlusswort

Meine aktive Zeit auf dem Portal habe ich beendet. Es gibt den einen oder anderen Mann, mit welchem ich noch lockere Chatkontakte pflege, doch dass noch etwas Ernstes daraus wird, glaube ich nicht mehr. Zu langes Schreiben ist nicht zielführend. Zumal dazwischen immer andere Frauen auf Herz und Nieren geprüft werden. Fast wie beim Autokauf. Probefahren und dann doch stehen lassen.

Ein Mann jedoch, von welchem ich hier nicht erzählt habe, hat es mir besonders angetan. Er ist anders, als die bisherigen Männer, die ich kennengelernt habe. Ich würde mir natürlich wünschen, dass ER es ist, mit dem ich schlussendlich glücklich werden könnte. Eigentlich passte er gar nicht zu den anderen Männern auf den Portalen, deswegen freue ich mich umso mehr, ihn dort getroffen zu haben.

Sollte es anders kommen, dann fällt mir nur noch ein Satz ein, den ich mal irgendwo gelesen habe:

„Während du einen Mann aufräumst, erhebt eine andere Frau das Champagnerglas und freut sich ihn los zu haben."

In diesem Sinne: Ein Prosit auf die Liebe!
Alles Gute
Soulsista